Jenny Valentine

Nous, Avant, Après

Traduit de l'anglais (Royaume-Uni)
par Marie-Anne de Béru

M+
l'école des loisirs
11, rue de Sèvres, Paris 6e

À tous les fantômes.

Chapitre 1
Coccinelle

Nous sommes assises dans le cimetière, moi et Mab, ma meilleure amie, à nous lancer des vannes sur le fait que le club de bowling est tout près des tombes. Je bois une canette de cidre tiède. Mab enchaîne les cigarettes roulées qu'elle a trouvées à la soirée, fines comme des doigts de poupée. Elle en a fourré plein dans ses poches avant que nous ne repartions à pied. Je me souviens de son visage à ce moment, rouge de fureur.

En plus, je n'aime même pas ça, dit-elle. *Mais je suppose que c'est toujours un truc à faire, maintenant.*

J'ai arrêté d'essayer de me demander si c'était la meilleure ou la pire façon d'occuper notre été. Sans doute que la réponse n'est ni l'une ni l'autre. Mab dit que c'est peut-être les deux à la fois. Ça n'est pas comme si on avait un choix infini, ça au moins, je le sais. Mais j'aimerais revenir au moment où le trou noir qui est en train de m'engloutir n'était qu'une piqûre d'épingle. Une particule subatomique de perte. Je retournerais encore plus loin en arrière si je le pouvais. Avant. Avant la soirée et ce qui est arrivé ensuite. N'importe qui le voudrait.

Tu cogites encore sur les atomes ? me demande Mab, comme si elle pouvait lire mes pensées.

– Rien ne change.

Elle acquiesce :

Même quand tout change.

Elle est transparente comme un rideau de dentelle. Silhouette de gaze. Des taches de rousseur éparpillées telles les premières gouttes de pluie sur un sol desséché. Une petite cicatrice au-dessus du sourcil, des dents brillantes. Quand je cligne des yeux, ses traits se déforment et s'étalent ainsi que des coulures de peinture fraîche. Elle a des marques de frottement sur le côté droit, des traces de goudron. Une déchirure dans sa robe, jusqu'aux os. À la tempe, une contusion toute noire, une ombre à l'endroit où un morceau de son crâne s'est enfoncé. Elle se tourne et m'adresse un large sourire, la bouche remplie d'une fumée jaune. Mon amie, si belle.

Tu en veux une ? me demande-t-elle, en tirant une bouffée.

– Non merci

Sérieux, c'est dégoûtant.

– Ouais, tu ne devrais pas fumer.

Elle me balance un coup de pied dans la cheville, de toutes ses forces. J'aurais tellement envie de sentir ce que ça fait.

Je suis déjà morte, rappelle-toi, me dit-elle.

Comme si je pouvais l'oublier.

C'est un moment d'entre-deux. Comme après un examen et avant les résultats, quand on a fait le boulot, ou pas, peu importe, car de toute façon il est trop tard. Une sensation que j'avais tant attendue. On saute et on n'a pas encore atterri. Rien d'autre que l'attente.

Le purgatoire, ainsi que Mab appelle ça désormais. *Les limbes.*

– Et tu t'y connais, je lui réponds.

Son sourcil arqué. Des gravillons incrustés sous sa peau.

Ça, on peut le dire.

Elle n'arrête pas d'agiter la main entre nous deux pour me protéger car, dit-elle, les roulées, ça pue vraiment. Je lui réponds de ne pas s'en faire car je ne sens rien. Elle grimace et ôte un brin de tabac collé sur sa langue. Exsangue. Exténuée. Rien que de la regarder, je suis fébrile. Je me sens mal de percevoir le sang qui continue de se traîner dans mes propres veines.

La canicule cogne à grands coups pour tout soumettre à son pouvoir. Les rues ne sont plus qu'un décor de cinéma désert et peu convaincant.

– Où sont passés les gens ? je demande.

J'en sais strictement rien.

Je ne peux pas retenir la question qui se forme au creux de mon estomac et qui doit sortir :

– Où est France ?

France, c'est son frère. C'est compliqué. Elle me regarde, je la fixe et je réussis à lui faire baisser les yeux.

– Tu es toujours en colère à cause de ça ? je lui demande. Vraiment ?

Non. (Elle détourne la tête.) *Je suis passée à autre chose.*

Ça, elle ne le dit que lorsque c'est faux.

Le silence est total. Pas de vent, pas d'oiseaux, pas de circulation. Rien que le bruit de mes pensées qui sont emplies de lui, comme toujours. Ainsi que la mer est emplie de poissons et la nuit claire, d'étoiles. Il y a de la matière noire là où il était auparavant. Je le ressens. Une inquiétante absence de lumière.

Elk, murmure Mab, plus doucement.

– Oui ?

Je suis certaine qu'il va venir.

J'essaie de ne pas le désirer, lui. J'essaie de toutes mes forces de ne pas me laisser déborder.

Mon petit frère rôde dans l'herbe desséchée en contrebas. Il gronde, crache et bondit, traquant les insectes tel un fauve. Il ramasse des détritus, il est un tigre : il maîtrise à la perfection l'art de faire plusieurs choses à la fois.

– Pas ici, Knox ! peste maman.

Pauvre gosse, murmure Mab.

– T'inquiète pas pour lui. Il aime bien cet endroit

Elle s'étire comme si elle bâillait.

J'ai l'impression qu'on vient ici assez souvent.

Knox marche sur un emballage de chips et l'ajoute à sa collecte.

Il aime mieux la plage, dit Mab.

Je le regarde grogner comme un fauve. Le rose de ses lèvres. Ses parfaites petites dents de lait.

– Oui, il préfère la plage. Tu as raison.

Le soleil cogne impitoyablement. Je donnerais n'importe quoi pour une petite brise, ou une averse, ou une misérable portion de glace.

– On crève de chaud. Tu as chaud, toi ?

Mab secoue la tête et désigne de son bras valide un point par-dessus les toits dont les lignes droites tremblent dans l'air comme s'ils étaient sous l'eau. Rien que de les regarder, je meurs de soif.

C'est là-bas, la résidence pour personnes âgées ?

Tours, tourelles et vérandas. Ascenseurs, rampes et bouton

d'alarme dans les toilettes. Ma mère y a travaillé pendant un moment. Elle disait que ça n'arrêtait pas. D'ici, on dirait Disneyland.

Mab frotte ses talons nus dans la poussière. Je me demande brièvement où sont ses chaussures, rien qu'une seconde, puis je sais.

Au moins, je ne finirai pas là-bas, dit-elle.

– Où ça ? Chez les vieux ? (Je m'imagine ma grand-mère Joanie. Ses mains noueuses, ses chevilles fragiles comme du verre, sa sagesse, ses rouges à lèvres, son rire de crécelle communicatif.) Il y a pire.

Les toilettes d'un festival, suggère-t-elle.

– La moquette d'un pub.

Le groupe de lecture de ta mère.

– Le karaoké d'un bateau de croisière.

Elle éclate de rire, puis s'interrompt.

Et ici.

Maman passe tout droit devant nous, les bras chargés de roses anciennes. Knox trotte docilement sur ses talons. Il y a une autre canette de cidre dans l'herbe. Je ne me rappelle pas en avoir bu deux mais c'est possible. Peut-être que je l'ai fait.

– Ne laisse pas ça ici, dit maman.

C'est la première chose qu'elle m'ait dite de toute la journée. Je lui réponds :

– Non, bien sûr, j'en avais pas l'intention.

Mab s'interpose :

Qu'est-ce qui vous prend toutes les deux ? C'est quoi, ce ton ?

Brouille. Blocage. On est à couteaux tirés.

Knox ramasse la canette pour moi. Il se penche si près que

je sens l'odeur de ses cheveux de petit garçon et la chaleur de midi sur sa peau.

– Disons que les lignes de communication sont définitivement coupées, j'explique à Mab.

Cela fait des semaines que maman et moi, nous ne nous adressons pratiquement plus la parole. C'est sa faute, étant donné les circonstances, et je suis trop épuisée pour régler cela. J'ai suffisamment à faire pour gérer ce qui se passe.

Mon frère se prend dans des ronces. Une épine lui écorche la main. Sur son pouce perle une goutte de sang rouge brillant comme une coccinelle. Il tend la main dans le soleil, me sourit et se lèche le doigt.

De la rouille, murmure Mab, fascinée. *Du fer.*

Elle, elle ne goûtera plus jamais rien, je me dis.

Elle observe ses propres mains, livides, presque transparentes, toujours ornées de ses bagues qui luisent faiblement. Toutes sauf une, la chevalière gravée d'un smiley qu'elle a trouvée à la plage. Or massif et yeux noirs incrustés de jais. Je me rappelle qu'elle était désolée pour celui ou celle qui l'avait perdue, qu'elle disait qu'elle en prendrait bien soin, pour compenser cette perte. Elle est à moi désormais, je suppose, puisque je la lui ai empruntée le soir de la fête. Elle détourne les yeux en me voyant la porter, comme si elle n'était pas à sa place à mon doigt.

Tu t'es trouvé un petit boulot ?

– On dirait mon père. Et non, je n'ai pas encore trouvé.

Le café me manque. J'adorais mon job.

Ça me fait réagir. C'est du pipeau, pur et simple.

– C'est faux. Tu n'arrêtais pas de te plaindre des clients et tu disais que tu avais mal aux pieds.

Eh bien, plus rien ne me fait mal, maintenant.

– Plus rien ? je rétorque. Vraiment ?

Pourtant, on dirait qu'elle souffre continuellement.

Je scrute le sol. Les empreintes qu'auraient dû laisser ses pieds. De nouveau, je ressens ce vide dans mon ventre. Cette sensation de chute. Notre nouvelle normalité. Knox sait comment combler un vide. Il s'approche et se tient tout à côté de moi.

– Où est-elle ? demande-t-il. Je ne veux pas lui marcher dessus.

– Qu'est-ce que tu racontes ? lui demande maman.

– De ce côté, je réponds à Knox.

Il regarde avec attention, à peu près dans la direction de Mab, et même s'il ne peut pas la voir elle lui envoie un baiser.

– T'en fais pas, Knox. Tu ne lui feras pas de mal. Elle sait y faire pour ne pas rester dans le passage.

Maman prend son ton pincé :

– Descends de cette tombe, lui ordonne-t-elle. Ne marche donc pas là-dessus.

Comme si c'était la seule version de Mab qu'on pouvait évoquer. Comme si je n'avais pas déjà essayé de lui parler, je ne sais combien de fois, du fantôme de ma meilleure amie.

À côté de moi, Mab part d'un rire triste et silencieux.

Je déteste qu'elle fasse ça. Qu'elle nie mon existence.

– Je sais, dis-je. Moi aussi, je déteste ça.

Le cimetière est immense. Des carrés de tombes à l'infini. Tout autour de nous s'étend la ville et, ici, c'est une autre ville, balisée et étiquetée, quadrillée par des allées et des rangées tel un quartier de maisons toutes identiques. Maman fait le ménage comme elle le fait à la maison – tête baissée, rapide, concentrée –, suivie de Knox qui continue de traquer les détritus.

– Est-ce qu'il y a des voisins méchants ici ? lui demande-t-il. Ça existe, ici ?

– Des voisins méchants ? (Maman frotte la poussière collée sur ses genoux.) Mais enfin, quelle question.

Apparemment, selon Mab, il n'y a rien ni personne ici.

Des voisins méchants, ça serait un plus.

Mais le lieu est joli. Vert, paisible et dégagé, avec des coins ombragés et de longues avenues d'arbres murmurants. Ce lieu où on est mort est plus agréable que l'endroit où vivent beaucoup de gens.

Certaines tombes sont ornées de monuments et d'anges, bronze verdissant, fleurs et couronnes se ratatinant sous la chaleur, mais celle de Mab est petite, discrète, modeste. Pas encore prête. Trop neuve pour avoir sa propre pierre tombale. Juste une petite stèle fichée en terre. À peine une tombe. Je n'ai jamais rien vu d'aussi triste.

– Tu devrais avoir un monument. Un mausolée. Un gratte-ciel.

C'est pas assez, dit Mab, son corps enflant puis désenflant au rythme d'une houle, comme si quelqu'un d'autre, une créature plus grande, la gonflait puis la dégonflait. *C'est pas assez, pas assez, pas assez.*

Maman arrache quelques pâquerettes flétries. Elle les sélectionne et les éclaircit. Knox s'affale par terre. Il essaie de fendre des brins d'herbe pour les coincer entre ses pouces et faire un sifflet, mais ils sont si desséchés qu'ils s'effritent et cassent. C'est une tâche herculéenne. Bien au-delà de ses compétences. Mab le regarde avec intensité. Il presse très fort chaque brin d'herbe entre ses pouces, empli d'espoir et de tous les possibles.

–Va bientôt falloir que j'y aille, dis-je.

Elle lève les yeux.

Où ça ?

– C'est mardi. J'ai rendez-vous avec Stevie à cinq heures.

Elle grimace.

Tu y retournes déjà ?

Elle a quelque chose dans le regard, comme si peut-être elle ne voulait pas que le monde continue de tourner sans elle. Qu'il y ait des rendez-vous dans un agenda, des trucs organisés.

– J'ai raté les deux dernières semaines. En plus, c'est un peu son domaine, non? Les conseils pour vivre un deuil. J'aurais bien besoin d'un coup de main. (Mab lève les yeux au ciel.) En fait, j'espérais que tu y serais.

Elle mime le geste de se tuer avec un couteau, un pistolet, une corde.

– Ne fais pas ça. Viens avec moi

Elle sourit. Sa mâchoire fracturée. Son menton en cœur.

Restons encore un petit peu ici, dit-elle. *Restons assises ici. Puis je te promets que je viendrai.*

Chapitre 2
Chinchilla

À part Mab, ou ce qu'il en reste, j'ai une mère et un père qui s'aiment encore plutôt beaucoup, France, qui est quelque part, Stevie, ma psy, qui est en réalité assez chouette, et Knox, qui vient d'avoir cinq ans. Je m'appelle Elk. C'est le diminutif d'Elena. Je sais que ça n'a pas autant de sens que de transformer Mabel en Mab, ou Francis en France, mais c'est ainsi qu'Elena a été raccourci. C'est ça, mon prénom.*

On aurait déjà dû se mettre en route mais Mab n'a pas envie de bouger. Je la regarde observer l'horizon dans tous ses détails. Je la vois absorber la lumière.

Tout me manque, me dit-elle. *Je n'étais pas prête.*

– Je suis désolée.

Parce qu'il n'y a pas de mots plus justes pour ce qui est arrivé.

J'aurais tellement envie d'un bon livre. (Elle compte sur ses doigts tout ce qui lui manque.) *De fraises tout juste cueillies, Elk. J'ai envie d'une fraise.*

D'un jeu de cartes.

* *Elk* signifie élan, un animal familier pour les lecteurs anglophones puisqu'il est le héros de nombreux albums jeunesse.

D'un cendrier.

– C'est tout ?

Mab n'a jamais su faire sa valise. On a connu des voyages de classe où elle n'avait pas de chaussettes. Et le nombre de fois où elle a oublié son inhalateur. Et la semaine de camping, où elle n'avait pas apporté sa tente.

À l'école, quand j'étais beaucoup plus petite, on avait rédigé la liste de ce qu'on emporterait si on devait partir de chez nous à toute vitesse. Si une guerre essayait soudain de nous tuer, comme cela arrive, ou une famine, une inondation, une pandémie. Tous ces trucs réjouissants. Pas étonnant que les enfants soient stressés. Je me rappelle notre instituteur, M. Cressey, dressant la liste des situations possibles : par exemple si le gouvernement votait une loi pour expulser tous ceux qui ont les yeux bleus. Dans la classe, tous les élèves aux yeux bleus s'étaient exclamés : quoi ? Et tous ceux qui avaient déjà compris s'étaient dit, oui, même vous. Vous imaginez ?

Je n'avais pas encore rencontré Mab ou France. Tout cela était encore devant moi. J'y pense maintenant, au fait que, sur nos listes, il y avait des téléphones, des voitures, des animaux de compagnie et des Nintendo. M. Cressey nous avait dit :

– Pas de chargeurs, pas d'essence, pas de croquettes pour chiens, pas le temps. Toutes ces choses, ça ne fera que vous ralentir et ça n'aura aucune utilité.

Je pense qu'il voulait qu'on emmène les personnes que nous aimions et nos passeports, tout au plus, et qu'on file au plus vite. Il essayait de nous expliquer ce qui comptait, ce qui pourrait avoir de l'importance, mais nous, nous ne pouvions pas l'entendre.

Désormais, je l'écoute.

M. Cressey est tombé malade et s'est affaibli. Au fil du temps, il a été de moins en moins là, jusqu'à ce qu'il disparaisse.

Ma grand-mère est partie lentement, la tête en premier, puis du haut vers le bas, elle a plongé dans l'oubli. Il n'y a rien de plus douloureux à regarder.

Mab est partie en quelques secondes. C'est sans doute pour cela qu'il reste tellement d'elle ici.

D'accord, dit-elle, quand elle voit que sa liste me fait rire. *Et toi, qu'est-ce que tu emporterais ?*

Un jour, M. Cressey avait apporté un chinchilla en classe. Aucune idée de la façon dont il se l'était procuré. Nous avions fermé les yeux et allongé les mains et quand il nous avait permis de regarder nous le touchions déjà.

–Vous ne pouvez même pas le sentir tellement il est doux, nous avait-il déclaré.

Je passe en revue ma liste. France et mon petit frère, mes parents et ma grand-mère avant qu'elle ne soit morte. Mes BD, ma bonne paire de baskets, tous mes livres préférés. C'est un exercice absurde. Je connais la réponse de toute façon. Je la connais avant même de commencer.

Je touche le visage de Mab, ou du moins j'essaie. Comme pour le chinchilla, j'attends de le sentir, et je ne sens rien.

– Toi, dis-je. J'en suis sûre à cent pour cent. Je t'emmènerais, toi.

Ses yeux sont des perles de verre, des gouttes de rosée, de l'eau.

Chapitre 3
Gobelet à usage unique

C'était une idée de papa et de maman, le fait que je discute avec un professionnel. Ce n'était pas du tout mon truc au début mais ils ont insisté, avec douceur, et finalement même Mab m'a dit que ça me ferait sans doute du bien.

– Tu ne peux pas rester assise dans le noir à lire ces fichus livres de physique pour le restant de tes jours.

Quand je lui avais demandé pourquoi pas, elle m'avait répondu :

– Parce que tu me manques, princesse Quantique. Je m'ennuie comme un rat mort pendant que tu cherches ta grand-mère dans tous ces trous noirs.

Stevie a son cabinet dans un immeuble décrépi derrière la rue principale, au-dessus d'une boutique solidaire et à côté d'un dentiste. J'ai commencé à y aller à cause de ma grand-mère. Ce qui lui était arrivé m'avait complètement déstabilisée. Cette façon de s'égarer au ralenti comme si elle était entraînée par un courant et que nous ne pouvions pas nous mettre à l'eau pour la rattraper. Tout ce que nous pouvions faire, c'était rester sur la plage et regarder. Je vous jure que j'ai essayé de lâcher prise, mais je n'y arrivais pas. Ça me reste encore en travers de la gorge.

En fin de compte, j'ai fini par bien aimer les rendez-vous du mardi chez Stevie. À chaque fois, je me disais que je n'avais rien à lui raconter, mais une fois dans son cabinet, vous n'auriez pas pu me faire taire. La première fois cependant, ne sachant pas où je mettais les pieds, je m'étais blindée de partout. J'allais lui donner du fil à retordre. Maman avait dit qu'elle emmenait Knox à la bibliothèque, juste au coin de la rue, mais je savais que si elle avait fait le trajet avec moi, c'était uniquement pour être certaine que j'entrerais bien chez Stevie. Sans avoir l'air d'y toucher, elle aime diriger. Dans certaines situations je ne me suis rendu compte de rien, dans d'autres je m'en suis aperçue. Maman est à la manœuvre même quand elle n'en a pas l'air.

Lors de ce premier rendez-vous, il y a plus d'un an, la porte a mal fonctionné. J'ai dû appuyer deux fois sur l'interphone, c'était gênant, et dans l'escalier la moquette avait besoin d'un coup d'aspirateur. Il n'y avait pas vraiment de salle d'attente, rien qu'une chaise sur le palier, solitaire, et des magazines fatigués qu'on n'aurait de toute façon pas eu envie de lire même s'il n'y avait plus rien eu d'autre à feuilleter sur Terre. J'étais plantée là quand une chasse d'eau s'est déclenchée au bout du hall d'entrée et qu'une femme est apparue. Corsage et jupe à fleurs. Elle se séchait les mains avec une serviette en papier bleu et j'ai vu la couleur devenir plus foncée là où elle la touchait.

– Elena ? a-t-elle demandé.

Elle avait sur la gorge une cicatrice qui gigotait tel un ver quand elle parlait. J'ai essayé de ne pas la regarder fixement, avec l'impression de ne pas pouvoir en détourner les yeux.

– Euh, oui. Désolée. Bonjour.

Elle a esquissé un sourire mais son regard est resté sérieux et comme insatiable.

– Je suis Stevie. Je t'en prie, entre.

À travers le mur, j'entendais la roulette du dentiste.

– C'est apaisant, ai-je dit, pensant qu'elle allait peut-être rire, mais elle s'est contentée de me regarder par-dessus ses lunettes.

Stevie a un regard assez neutre et des sourcils tatoués trois teintes trop foncées. On dirait des oiseaux volant haut dans le ciel de son visage. Elle a aussi un petit cahier et, ce jour-là, elle souffrait d'un léger rhume.

— Rien de grave, a-t-elle précisé. Je t'en prie, assieds-toi.

Sur la table à côté de moi, il y avait une boîte de mouchoirs en papier, quelques cartes de visite, un petit réveille-matin noir, et de l'eau dans un gobelet en plastique. Le sous-verre s'ornait d'un caneton en gros plan et, vu ce que je ressentais, ça m'a crispée. Sur les cartes de visite, on pouvait lire « spécialiste du deuil ». C'est ce qu'on finit tous par devenir, n'est-ce pas ?

La pièce était petite et presque vide. Une étagère. Une plante verte de supermarché. Un petit tapis entre sa chaise et la mienne. Elle m'a dit de me mettre à l'aise, alors j'ai enlevé mes chaussures et j'ai replié mes jambes sous moi, comme lorsque je m'installe pour regarder la télévision à la maison. Ça ne m'a pas vraiment aidée.

– Alors, Elena, a-t-elle commencé.

– C'est Elk.

Elle a acquiescé.

– D'accord, Elk.

Elle s'est lancée dans son petit discours d'introduction, comme quoi ici c'était un lieu sûr où je pourrais m'exprimer, parler de ce qui était arrivé et de ce que je ressentais. J'ai eu l'impression qu'elle avait répété les mêmes mots des milliers de fois. Je me suis demandé si elle n'en avait pas déjà assez. Puis, au moment où le silence a commencé à paraître sans fin, elle m'a posé une question :

– Que puis-je faire pour toi ?

Je me suis tortillée sur ma chaise.

– Je ne sais pas vraiment.

Elle m'a regardée le temps de compter jusqu'à 3.

– Pourquoi penses-tu que tu es ici ?

J'ai trituré un fil qui dépassait de ma chaussette.

– Ma grand-mère est morte.

Je savais que ça ne représentait qu'une minuscule partie de l'histoire.

Granny souffrait d'une forme de démence. Au début, elle pouvait vous dire exactement ce qu'il s'était passé un certain mercredi de juillet 1952, qui étaient les personnes présentes, comment elles étaient habillées, mais si vous vouliez savoir ce qu'elle avait mangé au déjeuner dix minutes plus tôt, elle vous fixait, complètement déboussolée, parce que vous lui demandiez l'impossible. Tout ce passé, omniprésent, cet avenir, inconnu et ce présent, insaisissable, qui s'effaçait tout seul. Plus tard, l'année 1952 elle aussi a été engloutie. Et ce n'est pas seulement qu'elle oubliait des choses. Elle oubliait comment on fait les choses. Je crois que nous l'avons regardée oublier qui elle était.

Stevie a croisé les jambes, ce qui a produit un petit chuintement, comme quelque chose qui se dégonfle lentement.

– Toutes mes condoléances.

J'aurais sans doute dû répondre « merci », mais je ne ressentais aucune gratitude, donc je suis restée muette.

– Est-ce que vous étiez proches ?

J'avais mal à la mâchoire. Je me sentais comme une canette de soda qu'on a secouée mais qu'on n'a pas encore ouverte. J'ai regardé la porte : peinture brillante, taches anciennes, une clé dans la serrure. J'aurais pu repartir, j'imagine. Après tout, ce rendez-vous était censé être facultatif.

Stevie souriait. J'ai avalé une gorgée d'eau. Elle avait un goût de plastique.

– Pourquoi vous n'utilisez pas un vrai verre ? C'est pas franchement écolo, ces gobelets.

– Écolo ? m'a-t-elle demandé, ses sourcils-oiseaux s'envolant.

– Écolo, ai-je répété. Vous savez… La pollution et tout ça. Les décharges. Les îles de plastique plus grandes que le Texas en plein océan.

– Oh ! C'est une question de sécurité. Désolée. D'hygiène, tu vois ?

– C'est vous qui avez un rhume.

– Ça te dérange ?

– Pas autant que le gobelet en plastique.

Elle a baissé les yeux.

– Tu peux apporter ta propre bouteille d'eau la prochaine fois, si cela peut t'aider.

Elle a eu l'air de céder si rapidement que je ne savais pas quoi en penser. J'ai bu une nouvelle gorgée d'eau au plastique.

– Je n'ai pas vraiment envie de parler, ai-je déclaré.

Elle a réagi comme si cela ne la dérangeait pas du tout,

comme quand nous faisons semblant de ne pas remarquer que Knox ne veut pas manger ses légumes.

– C'est ton moment à toi, a-t-elle dit, tu peux en faire ce que tu veux.

– Ben, donc, ça veut dire que je peux ne rien dire du tout?

– Parfaitement. On peut juste rester assises. C'est toi qui choisis.

Je me suis tue un moment. Le silence a dû gober quatre-vingt-dix secondes. Un camion est passé dans la rue et l'immeuble a tremblé. Les stores de la fenêtre se sont balancés comme s'il y avait du vent, sauf qu'il n'y en avait pas.

Le réveille-matin de Stevie ressemblait à celui que ma grand-mère avait près de son lit à l'hôpital, égrenant les minutes une à une. À la fin, le temps ne voulait plus rien dire pour elle. C'était une personne très peu poétique, mais je me souviens d'elle, allongée dans son lit, les draps remontés jusque sous le menton, disant je suis la goutte d'eau qui retourne à la mer.

– Plus personne n'a ces trucs-là.

– Quoi? Des réveille-matin?

–Y a que les vieux.Tout le monde utilise son téléphone.

– Je l'aime bien, moi. J'imagine que je suis vieille.

–Vous avez quel âge?

– Cinquante-trois ans. Plus toute jeune, donc un peu vieille.

On sait quand une femme commence à se sentir vieille parce qu'elle se met à porter un foulard autour du cou tous les jours de l'année. C'est ce que ma mère avait fait pendant quelque temps jusqu'à ce que mon frère lui demande si elle travaillait pour une compagnie aérienne, sur quoi mon père avait failli s'étouffer avec son pain grillé. J'aimais bien le fait que Stevie ne s'embête pas à en porter un, même pour cacher sa grande cicatrice. Une cicatrice en relief, légèrement brillante, telle une reprise dans un tissu soyeux. Le cou de ma grand-mère, c'était du papier froissé. Un hamac qui pendait pendant qu'elle parlait. Des décennies de sourire avaient creusé des pattes d'oie et des points de croix autour de ses yeux. Je la trouvais belle.

– Et toi, tu as quatorze ans, n'est-ce pas, Elk ?

Stevie répétait mon prénom pour créer un climat de confiance. Une technique de vendeur. Comme si j'étais une cliente chic à séduire.

– Seize, Stevie, ai-je corrigé. (Elle a jeté un coup d'œil dans son petit cahier.) Ma mère a quarante-quatre ans, mon père quarante-deux et ma grand-mère en avait soixante-dix quand elle est morte.

Les stores découpaient la vue en bandes verticales bien nettes. Peinture verte sur les fenêtres et les gouttières. Une vieille guirlande de fanions. Un ciel d'un bleu foncé, comme dans un coloriage magique.

Stevie attendait. Je ne le savais pas encore, mais elle est très patiente.

– Elle doit vraiment te manquer, a-t-elle dit.

À la fin de l'heure, elle a suggéré que j'écrive quelques phrases pour la prochaine séance afin que je me sente prête et que nous en discutions. J'étais fatiguée, je me rongeais les ongles et cette petite pièce triste me donnait l'impression d'être une serre où on allait manquer d'oxygène.

–Vous voulez dire, comme des devoirs à faire à la maison ?

– Oui, si tu veux.

Je ne voulais pas. Pas particulièrement.

Stevie a redressé sa petite pile de cartes de visite et elle a commencé à rassembler ses affaires.

Le réveille-matin noir allait sonner la fin de l'heure à la minute et à la seconde près.

– C'est à toi de décider. Cela pourrait être utile.

– De quelle manière ?

Elle s'est levée bien droite, pieds et chevilles collés les uns aux autres. La cicatrice de son cou était passée de l'argenté au rose.

– Je ne suis pas ici pour te dire ce qu'il faut que tu fasses.

– Eh bien, vous êtes littéralement la seule.

Le dentiste jouait toujours de la roulette. Maman et Knox étaient pile là quand je suis sortie sur le trottoir. Knox avait deux livres sous le bras, *Bernard et le monstre* et *Cuisine de nuit*. Il essayait de les empêcher de glisser.

– Tu as passé une heure bien plus chouette que la mienne, lui ai-je lancé.

– C'était comment ? m'a demandé maman.

Elle espérait que je serais guérie. Ça se voyait. Elle avait le visage tendu et plein d'espoir. Ça m'a rendue furax.

– Pas la peine de m'attendre la prochaine fois, ai-je dit avant de réaliser que je venais de lui offrir un coup gagnant, parce que cela voulait dire que je retournerais chez Stevie.

Ça m'a rendue encore plus furax. Il n'y a pas eu d'affrontement car elle n'en a pas eu besoin. Elle a pris les livres que Knox lui tendait et s'est contentée de dire, d'accord, ma chérie.

Chapitre 4
Veilleuse

Mab est un peu plus grande que moi et elle a trois mois de plus. Elle a de longs cheveux roux foncé. Elle sent le linge propre même quand elle a passé une nuit blanche et qu'avec le manque de sommeil et des dents pas lavées elle devrait puer comme un conteneur à verre. Elle s'intéresse à tout. Elle est pleine de questions. Ce n'est pas quelqu'un qui est toujours convaincu d'avoir raison. Elle a du talent, elle est intelligente, même si elle l'oublie parfois et qu'elle a besoin qu'on le lui rappelle. Elle marche comme si elle savait où elle va et pourquoi, même quand ce n'est pas le cas. J'ai toujours pensé que son monde était plus coloré, plus lumineux que le mien, qu'il avait un sens. J'ai toujours aimé cela chez elle. Ça, et tout le reste.

Dans l'autre monde, Avant, c'était un vendredi soir et on était chez elle dans le salon à ne rien faire.

Elle avait cet éclat dans le regard, comme toujours. Telle une veilleuse qui ne s'éteint jamais.

– Machine Trucmuche organise une soirée.

J'étais assise par terre à faire une patience. À cette époque, j'étais obsédée par un jeu qui s'appelle « Une fois dans ta vie ».

Un jeu auquel on a autant envie de gagner que de perdre parce qu'une fois qu'on a gagné on est censé ne plus jamais y rejouer.

– Machine Trucmuche ?

– Oui, tu sais. Freya Trucmuche.

Ça m'a filé un coup.

– Fisher.

– Oui, c'est ça.

Freya Fisher est le genre de fille qui ne vit que pour son portable. Genre, il ne s'est rien passé si ça n'a pas été photographié et posté. Si Freya Fisher escaladait une montagne en oubliant son portable, elle considérerait l'exploit comme une perte de temps et d'énergie, un truc qui n'en valait vraiment pas la peine. Elle ne profiterait même pas de la vue depuis le sommet. De l'extérieur, sa vie a l'air parfaite. C'est pourquoi je me sens triste pour elle. Ça m'inquiète de savoir comment elle se débrouille quand personne ne la regarde. Si un arbre tombait dans une forêt et tout ça. Quand je pense à elle, j'ai cette image dans ma tête de quelqu'un coincé à plusieurs kilomètres de profondeur dans un canyon creusé par l'algorithme et qui hurle à l'aide. Moi aussi, j'ai un portable. Je ne tombe pas de la lune, quand même. Mais j'essaie juste d'éviter le canyon au maximum. D'où le fait de jouer à « Une fois dans ta vie ». Peut-être que pour Freya Fisher je n'existe pas. C'est une sorte de liberté. Du moins, on peut toujours l'espérer.

– Tu ne l'aimes même pas, ai-je dit à Mab.

– C'est vrai.

– Alors quoi ?

Elle s'est jaugée d'un air dédaigneux.

– Regarde-moi ça.

Sweat à capuche et chaussettes dépareillées.

– Mais t'es super comme ça.

J'ai lancé cela sans même la regarder, car c'est inutile, elle est toujours super.

– J'ai envie de sortir. J'ai envie de me fringuer, de boire trop de vodka, de sortir avec quelqu'un.

– C'est faux.

– C'est faux. Tu as raison. Mais j'en ai quand même aussi vraiment envie.

France était à l'étage dans sa chambre. J'essayais de ne pas y penser. Rien qu'un plafond et un mur entre lui et moi. Leurs parents étaient sortis. Mab était allongée de tout son long sur le canapé, d'un accoudoir à l'autre. Elle s'était mis du vernis à ongles blanc comme du lait renversé. Un détail qui allait me faire pleurer plus tard.

J'ai dit que je ne pouvais rien imaginer de plus sinistre qu'une soirée chez Machine Trucmuche. Elle a rétorqué que c'était parce que je n'avais pas d'imagination.

– Pour de vrai, c'est non, ai-je martelé, et c'est tout.

Elle a poussé un grognement, mi-indignation, mi-bâillement de lion.

– Mais tout le monde va y être.

– Ça veut dire quoi, « tout le monde » ?

– Tout le monde qui compte, selon Freya.

– Ouais, ça veut pas dire grand-chose.

Je la regardais et elle le sentait. Elle a pointé les pieds, les a fléchis puis s'est mise à pianoter des doigts sur ses clavicules.

– Je m'ennuie, a-t-elle gémi. À quoi ça sert d'être vivante si on ne fait rien ?

Quelle déclaration ! Tu t'escrimes à comprendre ce qu'est

l'ironie en cours de littérature, puis ça te fonce dessus dans la vraie vie et tu te la prends en pleine figure. J'ai réagi :

– C'est pas sympa, ça. Et c'est gratuit. On fait des choses.

– Eh bien, prouve-le.

– En allant à la soirée de Freya Fisher ? Faut vraiment que ce soit ça, la preuve ?

Elle a poussé un soupir et s'est vautrée encore un peu plus sur le canapé.

– Bah, c'est tout ce qu'il y a de disponible. J'ai regardé s'il y avait un plan B et il n'y a strictement rien d'autre.

J'entendais France marcher au-dessus de nous, le bruit du vent et le flic floc de la pluie. On aurait dit que le week-end avait été anesthésié et qu'il comptait lentement à rebours à partir de dix.

– On n'a qu'une vie, Elk, a-t-elle repris. Et puis c'est tout. Faudrait pas la gâcher.

– Ça ne me fait rien de gâcher la mienne pendant un soir.

– Non, c'est pas ça, c'est juste que tu n'aimes pas les soirées.

– Tu as raison, je déteste ça.

J'ai regardé par la fenêtre. Il faisait un temps misérablement gris et humide mais c'était quand même un miracle que de pouvoir être là, à regarder la pluie. Mab avait raison, comme toujours. Je la sentais qui attendait que je dise quelque chose, et un oui vaut toujours mieux qu'un non.

– Je sais ce que tu veux, lui ai-je déclaré.

Ses yeux étaient deux lacs noirs.

– Qu'est-ce que je veux ?

– Une de ces soirées où on refait le monde et où on ne se souvient pas, le lendemain, de comment on a fait.

– C'est vrai, j'adore ça.

– Je sais.

Parce que moi aussi j'adorais ça.

Dans mon porte-monnaie, j'avais trois pièces, un bout de papier et un peu de poussière.

– Il va falloir piller l'armoire à liqueur.

– Elle est juste en face de toi.

– Et si on y va en bus, faudra qu'on revienne à pied.

– France va nous emmener. Je lui ai déjà demandé.

Je surveillais mon visage comme si je me regardais de l'extérieur. Il fallait que je sois une menteuse. Que j'agisse comme le sphinx. Je n'ai pas cillé. Je n'ai même pas rougi.

– OK, alors lève-toi, ai-je dit, et aide-moi à me faire belle.

– On y va, donc ? Sérieusement ?

– Je suis toujours sérieuse.

– Non, c'est pas vrai.

Je l'ai imitée, assez bien d'ailleurs : *On n'a qu'une vie, Elk. Et puis c'est tout.* Elle a bondi du canapé, m'a couvert les mains de baisers bruyants et a dansé tout autour de moi en un cercle serré. Un tour d'honneur en miniature.

– Je ne te quitterai pas d'une semelle, m'a-t-elle déclaré.

– Tu as intérêt.

– Je te le promets.

Elle a ramassé son portable qu'elle avait fait tomber et m'a poussée vers l'escalier.

– Allez, on monte, m'a-t-elle dit à l'oreille. On va se changer. Je ne sais pas, toi, mais j'ai l'intention d'être inoubliable.

– Ça t'arrive de ne pas l'être ?

« France ! » a-t-elle hurlé quand nous sommes passées devant sa porte. On l'a entendu arrêter de marcher. Je savais qu'il avait attendu. « On y va ! » puis elle m'a dit :

– Merci. Je t'aimerai toujours.

– Ouais, c'est ça. T'as intérêt. Y a de quoi.

Ses yeux brillaient d'un éclat contagieux.

– On ne sait jamais, Elk. Peut-être que tu vas adorer ça.

Toujours optimiste. Elle voyait toujours le bon côté. Elle va tant me manquer.

Chapitre 5
Métronome

Je l'ai rencontrée dans un labyrinthe végétal quand nous avions onze ans. C'était pendant les grandes vacances. Avec maman et ma grand-mère, on était allées visiter une demeure historique entourée de jardins sans fin, de bordures de fleurs, aussi colorées que les gradins bondés d'un stade, et de statues intimidantes. Il y avait des pancartes partout, un stand de glaces et une boutique de souvenirs. La chaleur était accablante, comme maintenant, mais le soleil, un peu plus clément. Nous sommes passées devant un homme allongé sur une pelouse qui a dit tout fort je crois que je suis plus fatigué que je ne le réalise.

Maman a dit qu'elle comprenait ce qu'il voulait dire. Elle attendait Knox. Son ventre était gros comme la lune et ses pieds des ballons de baudruche emplis de sable brûlant. Elle n'arrêtait pas de grimacer en les voyant tranquillement gonfler dans ses sandales ainsi que de la pâte qui lève.

– C'est pour bientôt, a dit Granny.

Des papillons se sont mis à voleter dans mon estomac. Je ne savais pas encore ce que cela me ferait que d'avoir un petit frère. J'avais senti le bébé donner des coups de pied à travers le t-shirt de maman.

Des gens sortaient du labyrinthe, le sourire aux lèvres, alors j'y suis entrée toute seule. Au début c'était chouette, tel un jeu dans lequel tout peut arriver et j'étais tout excitée. Je marchais en m'appuyant sur les haies à droite et à gauche. Je regardais mes pieds sur le chemin, mon ombre – moi-même, mais élégamment allongée. J'avais conscience de ma silhouette, de la solidité de mon corps et de ma solitude, comme s'il s'agissait d'une expérience. Je chantonnais sans doute. À l'époque, je chantonnais tout le temps. Plus je m'enfonçais dans le labyrinthe, plus c'est devenu difficile. Mais je ne pense pas avoir compris que c'était ça, le but d'un labyrinthe. Des enfants riaient et se bousculaient, des adultes revenaient sur leurs pas et un garçon m'a dit que si je tournais systématiquement à gauche, sans jamais m'arrêter, alors j'arriverais à sortir. Je ne lui avais rien demandé. Un garçon, ça ne peut pas s'empêcher de vous expliquer les choses.

Les haies étaient de hauts murs, aux profils bien nets et définis sous le soleil. Je me rappelle la chaleur et les carrés d'ombre plus frais alternant comme les touches d'un piano. Ça a été amusant tant que je n'ai pas pensé à la sortie, mais après l'avoir cherchée sans la trouver, les choses ont changé. J'ai tourné à gauche à de multiples reprises ainsi que le garçon m'avait dit de le faire, sans vraiment y croire. J'ai suivi des gens au hasard qui avaient l'air aussi perdus que moi. J'ai fini par arriver dans cette toute petite cour enserrée entre les haies avec une fontaine incrustée de mousse où un ange versait un filet d'eau sur une feuille. Je me souviens encore du bruit de cette cascade, de cette page blanche qui s'épanouissait dans ma poitrine à chaque fois que je l'entendais, devant moi, juste au tournant d'une allée du labyrinthe. Ma notion du temps a commencé à s'étirer tel un vieil élastique. Je me suis demandé ce que cela ferait de rester coincée là toute la vie.

À un moment, l'élastique a craqué et j'ai abandonné. Je me suis assise sur le sol dans cette petite cour étroite, le dos appuyé contre le rebord de la fontaine. Le ciel était minuscule et lointain comme dans des photos de Manhattan. Mon chemisier me collait à la peau, la mousse qui recouvrait la pierre était douce et craquante. J'ai gratté des croûtes sur mes genoux et j'ai imaginé maman et Granny rentrant à la maison sans moi. Je me suis demandé si j'avais faim. Sous mon crâne, un orchestre de bruits blancs s'accordait.

Mab est arrivée au milieu de ce petit cauchemar et m'a lancé « Bonjour » avec un sourire.

J'ai marmonné « Bonjour » d'un ton renfrogné et penaud. Ça n'a pas dû être facile de m'entendre car j'arrivais à peine à faire sortir ma voix.

– Ça va ? a-t-elle demandé.

J'ai secoué la tête en détournant les yeux vers la fontaine.

– J'arrive pas à sortir. Je reviens toujours ici, à côté de ça.

Elle m'a prise au sérieux et je me souviens de ma gratitude.

– Moi aussi, je suis restée coincée la première fois. Une éternité ! Mais j'ai fini par m'échapper.

– Comment ?

Elle y a réfléchi une minute, un petit pli entre les sourcils, un petit frisson au centre du menton avant de conclure, je ne m'en souviens pas.

Je ne voulais pas pleurer devant une inconnue. Je me suis concentrée pour retenir mes larmes.

– Moi, c'est Mab.

Elle s'est assise par terre à côté de moi. Je me suis présentée :

– Moi, c'est Elk.

– Comme l'animal ? a-t-elle demandé en souriant.

– Non, Elk pour Elena.

– T'en fais pas, Elk. J'ai laissé des petits cailloux.

Elle a ouvert la main pour me montrer des fleurs écrasées, pressées les unes contre les autres, aussi éclatantes que si elles avaient été coloriées au feutre. Elle m'a attrapée par les mains pour me remettre debout en disant :

– Je voulais utiliser un fil comme dans l'histoire du Minotaure ou un truc de ce genre-là, mais je ne voulais pas que les gens se prennent les pieds dedans. Et en plus je n'ai pas trouvé de ficelle à la maison alors j'ai juste ramassé ça.

Je ne savais pas de quelle histoire elle parlait mais je n'allais pas lui demander. Elle avait tout planifié, c'est ce qui comptait. Les fleurs étaient nos petites lumières de secours. Nous les avons suivies comme Gretel et Gretel, en marchant épaule contre épaule et en riant.

– Ça se mange, m'a-t-elle dit en tendant la main. Goûte.

Les pétales avaient un goût de délivrance et de miel. Parfumé et sucré.

À la sortie, le jour s'est ouvert en grand face à nous, l'horizon a de nouveau reculé dans le lointain et tout est redevenu possible. J'observais le visage de Mab sous le vaste ciel bleu, et si elle me l'avait demandé, j'aurais immédiatement replongé dans le labyrinthe. Je pense que j'aurais bien aimé qu'elle le fasse.

Le labyrinthe, c'était juste nous deux, et le monde réel allait être différent à jamais.

Maman et Granny étaient assises sur un banc près des toilettes. Maman avait enlevé ses sandales et ses pieds avaient l'air tout mous sur le sol dur. Tels ces blancs de poulet que j'avais aperçus chez le boucher, une vision que je n'arrivais pas à oublier. Elles m'ont dit que je n'étais partie que vingt minutes. Cela m'avait paru tellement plus long.

– C'est Mab. Elle m'a littéralement sauvée.

– Bonjour, a dit Mab. Littéralement, c'est vrai.

– Tu es ici toute seule ? lui a demandé Granny avec un sourire.

– Non, je suis avec mon frère.

Elle a désigné un garçon allongé sur le dos dans l'herbe. Longues jambes, genoux pliés, un bras derrière la tête. Ses cheveux étaient beaucoup plus clairs que les siens, d'une couleur ambrée, ni courts ni longs. On ne voyait pas son visage car il tenait un livre pour se protéger du soleil. Mab a prononcé son nom suffisamment fort pour qu'il le décale sur le côté. Elle a agité la main et il a levé le livre en une sorte de salut. Les pages ont palpité dans la brise. Il faisait si chaud que de petits amas de gravier collaient sous mes semelles là où le goudron avait fondu. Je me rappelle la paume de sa main, la poussière d'herbe en suspension entre nous tel du plancton dans la lumière, les plis de sa chemise, de son pantalon, sa grimace. La couverture du livre s'ornait d'un chat qui a paru s'enrouler autour de son visage lorsqu'il s'est remis à lire.

Elle l'avait appelé France et j'ai demandé, quoi, comme le pays ?

– Je suppose, oui. Son vrai prénom, c'est Francis, mais il ne l'aime pas.

– Je ne suis jamais allée en France.

– J'ai vu un loup en vrai là-bas une fois. En pleine nuit, dans un camp, dans une forêt. Il était si silencieux et rapide, si énergique, que je l'ai peut-être rêvé.

Le sourire de Granny semblait pris dans du béton. Maman a haussé les sourcils aussi haut qu'elle le pouvait. Je n'avais jamais rencontré quelqu'un qui parlait ainsi. Comme de la poésie. Sans filtre. Comme le miel qui vient avec le rayon de cire.

– C'est si beau quand tu en parles, ai-je dit.

– Eh bien, a-t-elle dit en bâillant bruyamment, c'était vraiment beau.

– Quel âge a ton frère ? a demandé maman.

– Treize ans. (Ses yeux ont brièvement brillé de rage.) Il a un caractère de cochon, mais seulement quelquefois.

Je me souviens qu'il était allongé, immobile, mais que son pied se balançait de haut en bas comme un métronome. Comme les battements d'un cœur. Soixante fois à la minute.

Nous nous sommes assises sur la pelouse ensoleillée, toutes les deux toutes seules, et nous avons tressé des guirlandes de fleurs pour les porter comme des couronnes, en nous régalant de pétales et en piquant des fous-rires à en avoir mal à l'estomac sans que je puisse aujourd'hui me rappeler au sujet de quoi. Lorsque maman s'est approchée, elle se tenait le ventre comme si elle craignait qu'il ne tombe.

– C'est l'heure d'y aller, a-t-elle dit.

Je ne voulais pas partir mais elle m'a pressée en me disant que Granny aussi devait rentrer. Mab a agité la main en souriant. Lorsqu'à mi-chemin je me suis retournée pour la regarder, elle était allongée, les bras en croix, sa couronne de fleurs sur la tête, et elle fixait le ciel, les yeux dans le vague.

– Elle est très… fantasque, a dit maman, comme si c'était une critique, comme si elle aurait préféré une gamine bien comme les autres.

– Je l'aime bien, a dit Granny en me pressant la main en signe de connivence, et j'ai acquiescé, moi aussi.

Nous étions bien au-delà du kiosque à musique quand j'ai su qu'il fallait que j'y retourne car je ne lui avais pas donné notre numéro. Lorsque j'ai dit ça à maman, elle a pris l'air de quelqu'un qui va s'endormir sur place, ou se mettre à pleurer, ou les deux à la fois, juste devant la grille du parking. Granny m'a encouragée avec douceur :

– Vas-y. Cours et fais vite.

J'ai fait vite. Cela ne m'a pas pris plus d'une minute ou deux, mais lorsque je suis arrivée en vue de la pelouse, il n'y avait ni Mab ni France. Je les avais perdus. Ils étaient déjà partis.

Chapitre 6
Pomme

Pendant les quinze jours qui avaient précédé la soirée de Freya Fisher, il avait plu. Sans interruption et si fort que l'eau des caniveaux coulait telles des rivières rapides et claires. La chambre de Mab tenait du nid-de-pie en pleine tempête : tohu-bohu de naufrage et de typhon. Elle a fait une remarque faussement intelligente sur le capitaine Achab en lissant sa nouvelle robe du plat de la main.

– Arrête un peu ! T'as pas lu *Moby Dick*.

Elle a tiré la langue.

– Ils meurent tous à la fin, a-t-elle affirmé.

Ce qui prouvait que j'avais raison.

Alors que nous étions parties pour cette soirée sous des trombes d'eau, nous voici Après, de nouveau dans un cimetière, à arracher des poignées d'herbes mortes, rêches et desséchées et d'un blond sale, comme l'homme du garage ouvert 24 heures sur 24 qui nous a vendu les canettes de cidre. Un jour de plus, une canicule de plus. Interdiction d'arroser, de faire des feux, les gens qui se collent contre les bâtiments dans tout le pays. Le monde s'évapore lentement, et si la pluie ne revient pas vite, on en fera tous de même et on tombera en poussière.

– Je suis brûlante, dis-je.

Mais Mab semble froide et pâle comme la pierre. Elle lisse sa robe comme Avant. Elle tire sur les poignets, ajuste le col. Le tissu est chargé – nuages blancs, oiseaux en vol, cerises brillantes. Il n'y a que Mab pour aller avec une telle robe, mais désormais elle est tout abîmée et sale, les nuages tachés de sang, les cerises écrasées, les oiseaux éparpillés. Elle frotte avec soin les dégâts de ses mains brisées et prend une grande inspiration saccadée. Sa poitrine se soulève, ses côtes se pressent douloureusement contre le joli tissu. Je ne savais pas que les fantômes respiraient mais elle est là, face à moi, et elle respire toujours.

– Ça va ? je lui demande.

Question stupide ! Elle m'observe.

Je n'arrive pas à croire que tu t'en sois sortie indemne, dit-elle. *Enfin, regarde-toi. Pas une marque. Pas une égratignure.*

Je lève les mains, paumes ouvertes et vides. Je me sens coupable. Je ne sais pas ce que je suis censée répondre à cela.

Tu as eu de la chance, c'est tout, j'imagine, soupire-t-elle.

Je sens le sol contre mon dos et le goût du cidre, toujours amer, dans ma bouche. Le ciel cogne, bleu implacable, midi perpétuel. Rien à faire.

Elk, reprend Mab, dont les contours chatoient et grésillent, *est-ce qu'il t'arrive de penser que, peut-être, tu m'inventes ?*

– Quoi ? Absolument pas ! je lui rétorque, du tac au tac.

Tu me le promets ?

– J'aime la réalité, Mab, tu le sais. Et tu es réelle.

Je ne me sens pas réelle du tout. Je me sens comme rien.

– Eh bien, tu n'es pas rien.

Tu aimes la physique quantique, poursuit-elle. *Il n'y a pas l'air d'avoir beaucoup de réalité là-dedans.*

– La mécanique quantique, je précise. Et en fait si, il y en a.

Ça n'a pas de sens. Même toi, tu me l'as dit.

– Il y a des contradictions, peut-être, mais les chiffres ne savent pas mentir.

Vingt et un grammes, dit-elle.

C'est quelque chose que nous avions lu sur internet un jour, au sujet du poids de l'âme. À l'époque, elle avait dit que c'étaient des conneries, mais aujourd'hui elle se ronge les ongles, le regard dans le vague, à espérer que c'est vrai.

– Une souris, ça pèse vingt et un grammes, dis-je, sans la moindre idée d'où je suis allée pêcher ce détail dans ma base de données inutiles. Peut-être que toutes les souris sont des fantômes.

Il y en a suffisamment pour ça, dit-elle avec un sourire.

Je pense aux souris dans les murs chez Granny. On ne les apercevait qu'un instant, du coin de l'œil. Elles s'étaient multipliées de façon exponentielle quand elle avait arrêté de faire le ménage et qu'elle s'était mise à leur laisser de la nourriture partout, l'éparpillant sur le sol de sa cuisine.

– J'aime avoir d'autres cœurs qui battent dans la maison, avait-elle dit.

Papa s'était tu, car il savait qu'il n'était pas venu la voir assez souvent.

Tu sais à quoi je pense déjà ? reprend Mab.

– Vas-y, dis-moi.

Elle secoue la tête.

Aux chats.

À genoux, maman creuse le sol sec avec une petite truelle. Je regarde son dos arrondi, la semelle striée de ses chaussures poussiéreuses, le soleil qui se reflète sur la lame en métal de l'outil. Elle a apporté une bouteille dont elle verse l'eau dans le trou pour humidifier la terre.

Pourquoi est-ce qu'on est encore ici ?

– J'allais te poser la même question.

Pourquoi est-ce qu'elle s'embête à tout vouloir bien entretenir ? Et pour qui, d'abord ?

– Elle range les choses pour le plaisir, tu le sais bien. Et en plus, elle t'aime.

Elle m'aimait.

Knox observe. Ce petit garçon ne rate rien. Il pose sa main sur le monticule de terre sèche, le caresse comme pour le réconforter et murmure, je t'aime.

Maman plante des pensées, fleurs éclatantes, douces et serrées. Mab les regarde, sourit et se lèche les lèvres. J'ai l'impression que ça fait à la fois un jour et une éternité qu'elle m'a découverte dans le labyrinthe. J'entends la camionnette d'un marchand de glaces quelque part, invisible mais de plus en plus proche, sa mélodie déformée et saccadée comme de la musique jouée sous l'eau. Mab suit le son du regard, elle le cherche. Knox se lève d'un bond et part en courant. Maman s'assoit sur ses talons pour le regarder.

J'ai tellement faim.

– Tu as toujours faim.

Pas toi ?

– Non. Pas pour le moment.

Elle grimace.

Je crève de faim. Fais-moi penser à autre chose. Dis-moi quelque chose. N'importe quoi. Vite. Tout de suite.

– Est-ce que tu savais qu'autrefois les navigateurs n'avaient aucune idée de l'endroit où ils se trouvaient à la surface de la terre ? Avant les boussoles et les constellations. Avant le nord et le sud et l'est et l'ouest.

Elle se tient les bras serrés autour du ventre. La mâchoire rigide. On voit loin au-delà des toits et de l'herbe jaunie et de Knox qui court vers la camionnette du marchand de glaces et se rapproche de plus en plus de la clôture.

Ce n'est pas l'océan ici, Elk.

La lumière du jour brille sur ses cheveux et sur les os de son visage, des continents entiers de meurtrissures sous sa peau, le sang qui devient brun, rouge et or comme l'automne. Elle est douée pour me dire ce que les choses ne sont pas. La première fois que je lui ai demandé de me décrire ce qui n'est pas, elle a réfléchi très fort pendant une minute. Je la voyais se concentrer, le front barré d'un V, les doigts pressés les uns contre les autres, tel un clocher. Elle a désigné une pomme sur la table, rouge, brillante, à mille lieues d'elle, inaccessible, qui reflétait la lumière crue du jour.

Dans cette pomme il y a une fenêtre, et par cette fenêtre il y a tout un autre monde.

Comme si c'était la solution à tout.

*

* *

Ça va être ma vingt-huitième séance avec Stevie. La première depuis ce qui est arrivé à Mab. Je ne sais pas comment

Stevie va réagir au fait que j'amène le fantôme de Mab avec moi. Je n'ai pas vraiment le choix. Mais étant donné que je ne l'ai jamais vue désarçonnée par quoi que ce soit, je ne pense pas qu'elle le sera.

Mab est toute souriante.

Tu vas lui parler de moi, alors ?

– Je lui dis tout. C'est le but, en fait.

Elle va te croire ?

– Je ne sais pas. J'espère.

Alors, allons-y, dit-elle en se levant.

Quand nous sortons du cimetière et quittons la douce protection des arbres, le soleil brûle fiévreusement. La lumière du jour la traverse comme lorsque l'on met sa main devant une lampe torche et qu'on la voit rougeoyer. Mab est un vitrail. Elle est éclairée de l'intérieur.

– Tu vas bien l'aimer, dis-je. Je suis contente que vous fassiez enfin connaissance.

Croisons les doigts, dit-elle quand nous franchissons les grilles pour nous retrouver dans l'agitation d'une rue animée.

La camionnette du marchand de glaces est rose et blanc. De près, je vois qu'elle est couverte d'une fine couche de suie, de fumées d'échappement et de poussière. Quelqu'un a dessiné un cœur brisé à l'arrière. Knock essaie de se grandir suffisamment pour regarder par-dessus le comptoir. Des pièces de monnaie tintent dans la poche de son short.

Un esquimau est tombé par terre à côté des poubelles.

C'est une tragédie, dit Mab en le regardant. *Une véritable tragédie.*

Il est recouvert de saletés et d'insectes. Mab effleure ses lèvres du doigt. Sa bouche paraît desséchée.

– Tu ne peux pas le ramasser.

Je sais, dit-elle, les yeux toujours fixés dessus, impuissante, tandis que l'esquimau fond stoïquement sur le sol.

Chapitre 7
Fantômes

Dans la salle d'attente de Stevie, Mab regarde les couvertures des magazines et pousse un grognement qui naît du fond de sa gorge :

Les gens gâchent vraiment leur temps de vie à ne rien faire.

Si elle lâche cela d'un ton aussi venimeux, c'est uniquement parce qu'elle est morte, me dis-je.

– Nous aussi, on en a gâché pas mal, je rétorque. On aimait bien faire ça.

Si je récupérais ma vie, je serais moins bête que ça.

Je pense à ce livre que j'ai lu un jour et qui racontait l'histoire d'un homme qui avait eu la possibilité de revivre sa vie une deuxième fois à partir du moment où les choses avaient mal tourné. Il pensait qu'il allait mieux gérer mais il avait tout simplement répété les mêmes erreurs. Je n'arrive pas à me rappeler son nom ni le titre du livre. Comme Granny pendant ses dernières semaines, je ne me rappelle que de l'atmosphère. Ce livre m'avait rendue triste.

Mab se tient debout toute droite et me toise, moi qui suis assise sur la seule chaise du palier, tout contre la rampe. Si je me penche sur le côté, je peux voir le bas des escaliers et le courrier entassé sur le sol du rez-de-chaussée. Un fragment de seconde, j'ai la tête qui tourne. Le sol se déforme, le plafond plonge vers moi puis il se rétablit et la sensation s'efface.

– Qu'est-ce qu'on fait ici ? je lui demande.

On essaie de toucher le fond ? suggère-t-elle.

– S'il y en a un.

Elle acquiesce :

Il est peut-être encore très loin.

Quelqu'un parle chez Stevie, de l'autre côté de la porte. Un homme. La voix monotone. Et il dépasse l'heure. Sa consultation devrait déjà être terminée. Je suis sûre qu'il est plus de cinq heures. Je n'entends pas ce qu'il dit et ça me rassure parce que j'imagine la personne suivante, dans la salle d'attente, essayant d'écouter ce que je dis.

Et si j'y allais pour leur flanquer la frousse ? propose Mab.

Je sais combien il est difficile parfois d'être assis dans cette pièce et de mettre ses tripes sur la table pour que Stevie les examine, alors je lui dis, non, laisse-les tranquilles. Ils vont bientôt avoir fini. On n'a qu'à attendre.

De toute façon, ils ne me remarqueraient pas. Personne ne me remarque.

C'est vrai. Elle n'a pas tort.

Il y a un petit tas de feuilles sur la table si on veut écrire quelque chose avant le rendez-vous. Ça m'a été parfois assez utile. Je prends un des magazines pour y appuyer une feuille, je trace le prénom « Mab » en haut de la page et je le souligne, tel le titre d'une rédaction, puis je fixe la feuille et ma tête se vide, comme lorsque je rentre dans une librairie et que j'oublie le titre de tout ce que j'avais décidé que je voulais lire. Je mordille le bout de mon Bic. Salive et plastique chaud. Je peux voir la couverture du magazine à travers la feuille blanche. « Numéro d'été. » « Chambres à coucher rétro. » Des havres de paix à plusieurs millions de dollars. Tout paraît absurde. Quel gâchis !

Mab se déplace dans la salle d'attente, impérieusement mais sans but, comme une guêpe. Elle sifflote.

– Tu veux que j'écrive : elle est vraiment casse-pieds quand elle s'ennuie ? je lui demande.

C'est ça. Juste après « elle n'a pas d'amis et ses vannes sont pourries ».

– Tu as plein d'amis. Les gens t'adorent.

Elle me sourit et lance :

Et je crois que je suis assez drôle aussi.

Je n'arrive pas à démarrer. C'est un peu comme écrire un journal intime, quand on le relit et qu'on ne sait pas si on va reconnaître sa propre voix. Je ne sais pas si je vais aimer ça. Je n'ai jamais été très douée pour ça.

Est-ce que tu vas lui demander où je pourrais apprendre des tours de fantôme ?

– Quels tours ?

Je ne sais pas moi… Voler à l'étalage. Flanquer la frousse aux gens. Genre, les faire sursauter et tout ça. Dans son business, elle a peut-être des contacts, tu sais.

– Je ne vais certainement pas écrire cela, lui dis-je.

Comme tu veux.

Mon Bic couine sur le papier, telle une souris, et je me demande si je devrais parler à Stevie de ma théorie sur les fantômes souris, si c'est le genre de choses qu'elle apprécierait. Je repasse un peu plus fort sur les lettres du prénom « Mab » jusqu'à ce qu'elles apparaissent en relief sur l'envers, comme la cicatrice de Stevie, et qu'elles aient laissé des marques sur la couverture de *Maisons de rêve.*

Je ne pensais pas que ce serait aussi ennuyeux, soupire Mab.

– Quoi, de mourir ?

Non, de hanter.

– Je suis désolée.

Je ne pensais pas que j'aurais autant l'impression d'être prise au piège.

Derrière la porte, les bruits changent. Le rendez-vous touche à sa fin.

C'est l'heure, dit Mab, qui se met à chantonner un compte à rebours près de la porte.

Je suis frappée de plein fouet par une nouvelle vague de tristesse, une vraie déferlante. Je fais tomber mon Bic et je me penche pour le ramasser. Le sang afflue à ma tête. Je déteste pleurer, donc il est hors de question que je m'y mette. Je suis un bocal au couvercle bien vissé. Je ne veux pas déborder.

Qu'est-ce qui ne va pas ? me demande-t-elle.

– Comme d'habitude.

Quand mon père est tracassé par quelque chose, il le transforme en un ballon de baudruche et le lâche. Il le regarde s'élever et s'éloigner et le laisser tranquille. Dans mon esprit, son ballon est toujours de couleur rouge. Parfois, il fait cela dans le dos de maman, quand elle me tombe dessus. Cela me fait sourire pile quand il le faut, et dans les bons jours ça la fait sourire, elle aussi. Mon père est un expert pour faire retomber la tension, bien que même lui ait du mal à y arriver ces jours-ci.

Je laisse mon ballon s'envoler dans la salle d'attente mais il se cogne contre le plafond et reste coincé là.

– Rien de nouveau, dis-je à Mab. Tu me manques.

Je suis là, me répond-elle avec un clin d'œil.

Mon cœur se brise de nouveau. Elle m'envoie un baiser.

Stevie et l'homme à la voix monotone sortent du cabinet. Il est entre deux âges, et totalement incolore, sauf qu'il a les yeux roses tels ceux d'un lapin à force d'avoir pleuré. Il nettoie ses lunettes et cligne beaucoup des yeux comme s'il sortait d'un endroit sombre et se retrouvait en pleine lumière. Il fixe Mab sans la voir. Je ne pense pas qu'il me remarque. Stevie tient le gobelet en plastique qu'il a utilisé, plein de mouchoirs en papier. Elle a vraiment l'air d'avoir besoin de vacances. Je souris et tapote de l'index mon papier gribouillé, ce qui rend un son sourd et satisfaisant.

– Regardez où vous allez, lui dit-elle.

Mais l'homme aux yeux de lapin n'a plus l'air de faire attention à quoi que ce soit. On dirait que ça lui serait égal de tomber dans l'escalier et de se rompre le cou.

Stevie jette un coup d'œil dans ma direction et disparaît dans les toilettes. L'homme porte un pardessus gris. À mesure qu'il descend dans l'escalier, j'entrevois le début d'une calvitie au sommet de son crâne.

Eh ben, il fait vraiment pitié, celui-là, dit Mab. *Un vrai coupable.*

On sent le désespoir s'élever dans la cage d'escalier comme des odeurs d'essence, comme du brouillard.

– Est-ce que je fais ça ?

Est-ce que tu fais quoi ? demande-t-elle.

– Rempli toute la maison avec ce que je ressens ?

Elle me sourit.

Ça dépend à qui tu demandes.

J'ai cette image de maman et de papa et de Knox dans un endroit que je viens de quitter, ouvrant grand les fenêtres pour aérer après mon départ. Je pense à ma grand-mère et à la légèreté qu'elle apportait toujours avec elle, même à la fin.

Mab continue de le regarder. Il bataille avec la poignée de la porte et s'appuie contre le mur avant de sortir.

Stevie va avoir du pain sur la planche avec lui.

– Oui, mais elle est très douée.

Quand même, imagine ce que doit être sa vie, dit Mab. *Accompagner des gens en deuil du matin au soir. Avec cinq pauses pipi par jour.*

– Elle travaille seulement les mardis et les jeudis.

Je parie qu'elle se coltine le sujet les sept jours de la semaine.

Quand Stevie revient, elle a une tasse de tisane. Une seule tasse. Elle sait que je n'aime pas ça.

– Dans un vrai mug, dis-je. (Elle pousse un soupir de lassitude.) Pas de plastique.

Elle se laisse lourdement tomber sur sa chaise comme un sac, relâche sa respiration par la bouche, les deux mains serrées autour de son mug. Quelle journée, dit-elle.

Mab s'étend tel un cadavre sur le tapis. Elle a l'air de trouver ça drôle. Je l'observe pendant une minute. Sa poitrine se soulève et s'abaisse en rythme. Stevie me regarde. Personne ne dit rien. Tout est paisible.

Mab reste immobile quelques secondes de plus avant de se relever et de déambuler.

J'ai des fourmis dans les jambes. (Elle regarde le cahier de

Stevie par-dessus son épaule.) *Il s'appelait Rigby, le type. Mais y a pas ton nom, là.*

– C'est parce que je viens régulièrement. Elle m'appelle Elk.

Stevie referme le cahier et le pose sur la table. On entend le tic-tac du réveille-matin. Elle joint le bout de ses doigts.

– Donc.

C'est tout ce que je dis. Je ne sais pas vraiment par où commencer. Il s'est passé tant de choses. Je suis dans mon propre trou noir.

Mab désigne ma feuille de papier couverte de cratères là où j'ai appuyé trop fort avec mon Bic.

Ça avance comment, ta liste ? Elle peut la voir ?

– Non, je lui réponds. (Il n'y a pratiquement rien d'écrit.) Ça ne sert à rien de la lui montrer maintenant.

Mab observe la rue à travers les lames du store.

Eh ben, il y en a de la poussière.

– Elle a d'autres priorités.

On ne peut pas tous être comme ta mère, j'imagine.

Stevie porte des sandales sans aucune fantaisie et des collants couleur chair dont la couture passe sur le bout de ses orteils telle une autre cicatrice. Par comparaison, les cicatrices de Mab ressemblent à des fruits déchiquetés, bouches de chair béante d'un rouge de grenade livide. Son épaule gauche pend, disloquée, ainsi qu'une aile brisée. Ses doigts sont sales et sanguinolents et la plante de ses pieds est couverte de boue humide, même si elle ne laisse aucune trace nulle part.

Je n'arrive pas à croire que c'est ça, ma vie après la mort.

– Non, ce n'est pas ça. Ça ne peut pas être ça. La tienne, elle serait tellement mieux que cela.

En admettant qu'il y en ait une, rétorque-t-elle, en croisant les doigts de sa main valide.

Je réfléchis à ce qu'elle doit ressentir – une mort et de nouveau la perspective d'une autre. Comment supporte-t-elle tout ce poids ?

– Comment allez-vous ? je demande à Stevie.

Mab intervient :

C'est pas elle qui est censée te demander cela ? (Elle passe en revue les livres sur l'étagère.) *Hilarants, ces bouquins !*

– T'es drôle, toi, lui dis-je.

Eh bien, faut bien que quelqu'un le soit. (Elle balance les bras, claque des doigts. Mab n'a jamais su rester silencieuse.) *De quoi êtes-vous censées parler ?*

– De tout ce dont j'ai envie.

Quoi ? Vous pourriez donc discuter de vers de terre pendant soixante minutes ?

Je jette un coup d'œil au réveille-matin.

– Cinquante-trois minutes, maintenant, mais oui, c'est moi qui décide.

Les vers de terre sont-ils hermaphrodites ? demande Mab. *Est-ce que c'est vrai que, si on les coupe en deux, ils continuent à vivre comme deux vers ?*

– Tu veux que je pose ces questions ?

Elle fait non.

Tu penses que son vrai prénom, c'est Stéphanie ou Steven ? À quoi ressemble sa vie chez elle ? Est-ce qu'elle aime le crochet ? Est-ce qu'elle regarde des thrillers basés sur des histoires vraies ? Est-ce qu'elle a des chats ? Je parie qu'elle a des chats.

Je n'ai jamais réfléchi à la vie que mène Stevie en dehors de ce bureau. Je prends ces questions comme la preuve que Mab est quelqu'un de plus bienveillant que moi.

Vas-y, me lance-t-elle, *j'aimerais bien te voir en pleine action.*

– Mab est morte, dis-je.

Waouh ! En plein dans la gorge ! s'écrie Mab.

Stevie me regarde d'une façon bien plus compatissante que le sempiternel «Toutes mes condoléances». Si ce n'était pas une violation de son code de déontologie, je pense qu'elle se lèverait pour me serrer dans ses bras.

– C'est pour ça que j'ai raté nos derniers rendez-vous, je poursuis. Je suis revenue dès que j'ai pu.

Stevie a les yeux fermés. Oh, Elk, murmure-t-elle, et au son de sa voix je sais qu'elle est émue. Qu'elle pense qu'elle comprend où j'en suis. Donc je me dis que c'est maintenant ou jamais. Il faut que je lui dise.

– Mab est ici, elle aussi. C'est-à-dire, son fantôme est ici. Et je suis en train de lui parler, là, maintenant, dans ma tête ou du moins quelque part, j'imagine. (Je souris à Mab.) Enfin, c'est toujours elle qui parle le plus.

Dis-lui que j'adore ses chaussures.

– Elle dit que vos stores sont poussiéreux.

Stevie entrelace ses doigts et cale son menton dessus. C'est le signal codé qu'elle emploie pour dire, continue, quand elle ne veut pas interrompre le flot de parole.

– Elle est ici et personne d'autre ne peut la voir. Et maman a complètement laissé tomber avec moi, et c'est comme avec ma grand-mère mais en pire et je n'arrive pas à croire que c'est moi qui dis ça mais… je ne sais pas. C'est Mab. Et tout s'est passé si vite.

Mab intervient :

Tu sais, quand on est petit et que les adultes parlent de toi comme si tu n'étais pas là ?

– Oui.

Eh bien, c'est la même impression.

Knox aussi déteste cela. Son visage se fige comme s'il se cachait jusqu'à ce que ça soit fini.

– Désolée, dis-je.

– Je suis désolée, dit alors Stevie en secouant la tête, les yeux pleins de larmes.

Elle répète et c'est tout ce qu'elle fait ? demande Mab. *Genre, si tu disais « poule mouillée », elle dirait « poule mouillée », ou si tu disais « en petits morceaux », ou « post-it », ou, je sais pas, « Armaggedon », elle te le renverrait direct, comme un écho ?*

– C'est quelqu'un qui écoute très bien.

Ah, désolée. Continue. Fais comme si je n'étais pas là.

– Je sais que vous ne « croyez » pas aux fantômes, dis-je à Stevie, en faisant des deux mains le geste des guillemets autour du mot « croire ».

À l'instant même, je me déteste. Qui fait ça ? Je ne pensais pas que j'en arriverais là un jour.

Les questions se bousculent sur le visage de Stevie. Ce n'est pas la première fois qu'on parle des traces que laissent les rendez-vous d'autres personnes dans l'immeuble, des mots et des sentiments du passé, de la propre idée qu'elle se fait des fantômes. Elle se lève et va à la fenêtre, ce qui est inhabituel. Elle a l'air au bout du rouleau, et je ne lui en veux pas. On progressait si bien avant. Maintenant, elle doit avoir l'impression d'être revenue à la case départ. Un pas en avant, dix pas en arrière ou quelque chose comme ça. Je reprends :

– Ça fait beaucoup, je le sais. J'ai juste besoin d'en parler.

Elle se rassied et boit de petites gorgées de sa tisane, dont l'odeur me rappelle des rhumes que j'ai eus.

J'ouvre la bouche et je parle sans interruption jusqu'à ce que le réveil me fasse taire, jusqu'à la fin du rendez-vous. Et même là, c'est dur. Je raconte à Stevie ce qui s'est passé. Elle ne m'interrompt pas une seule fois. Mab elle-même reste silencieuse, ce qui est inouï. Une première mondiale. Elle est assise sur le petit tapis, le menton dans les mains, elle écoute.

Je me surprends à penser qu'elles sont très bon public. Si seulement j'avais une plus belle histoire à raconter !

Chapitre 8
Une trousse de crayons

La deuxième fois que nous nous sommes rencontrées, Mab et moi, c'était en septembre, au début de l'année de sixième, de toutes ses premières fois et de toutes ses horreurs potentielles. Je n'avais pas eu le temps d'avoir peur de cette rentrée. Entre-temps, Knox était né, une bombe de hurlements qui avait fait exploser la maison. Soudain, la vie de famille n'avait plus été que bruit et fureur, nerfs à vif et interminables lessives, plats tout préparés qu'on mangeait froid et taches de lait caillé vomi. J'avais rêvé qu'on était allés faire des courses avec Knox et qu'on était revenus avec une citrouille à la place de sa tête.

– Un bébé, c'est une grande responsabilité, avait dit maman lorsque je le lui avais raconté, et papa avait ajouté, il y a au moins une personne qui dort un peu dans cette maison.

J'entendais mes parents murmurer la nuit dans le salon pour savoir «si je le prenais bien». Je leur ai demandé de bien vouloir parler d'autre chose, s'il vous plaît, et affirmé que, oui, j'allais bien. J'ai même ajouté, je l'adore, ce petit fumier, et papa avait dit que c'était super, parce que, dans ce cas, on allait pouvoir le garder.

Durant ces semaines, j'ai passé beaucoup de temps avec Granny. On pouvait encore lui faire confiance pour ne pas laisser tous les robinets ouverts, ne pas se blesser en faisant quelque chose d'inoffensif, ou ne pas se perdre dès qu'elle mettait le pied dehors.

– Laisse-les se débrouiller, me disait-elle. Tu es la meilleure. Allons dans le vaste monde, on va bien s'amuser.

Heureusement, nous avions la même conception de ce qui était amusant. C'est Granny qui m'a appris à reconnaître les constellations, qui m'a montré comment utiliser un télescope et qui m'a emmenée en plein air au milieu de la nuit pour en tirer le meilleur parti. C'est elle qui m'a acheté mon premier livre sur les quanta, et le poster d'Einstein que j'ai toujours dans ma chambre. Ce n'est pas la tasse de thé de tout le monde, je le sais bien, et Mab ne s'est jamais gênée pour me le dire, mais c'était vraiment la mienne !

Ma grand-mère avait étudié la physique à Cambridge. Elle racontait que, dans sa promotion, elles n'étaient que quatre étudiantes.

– Mais la science ne se cantonne pas au laboratoire, c'est une manière de penser et de regarder le monde.

– J'aime bien cette phrase, avais-je répondu.

– C'est à Chien-Shiung Wu qu'il faut le dire. C'est elle qui l'a prononcée.

Le premier jour du trimestre, j'avais oublié la moitié de mes affaires à la maison près de la porte d'entrée. J'étais stressée parce que nous n'avions pas rempli les bons formulaires, qu'on n'arrivait d'ailleurs pas à retrouver. Ces formulaires perdus étaient la raison pour laquelle j'étais arrivée en retard. La dame du secrétariat avait un visage anguleux et un débit de mitraillette. Elle n'était pas franchement accueillante. Ma mère l'aurait traitée de peau de vache, en face, et ma grand-mère aurait surenchéri. J'étais donc assez contente que personne ne m'accompagne plus à l'école.

Les murs de la salle de classe étaient bleu pâle, les bureaux gris, avec des pieds en métal, et couverts de messages au Bic : « L'instruction religieuse, c'est nul », « BRADLEY, BRADLEY, BRADLEY » et « Si pas maintenant, alors QUAND ? » Le chambranle de la porte était d'un blanc brillant mais écaillé et soudain Mab y est apparue. Calme et sûre d'elle, de la même manière qu'elle était entrée dans ce labyrinthe.

– Désolée, je suis en retard, a-t-elle prononcé d'un ton qui disait clairement qu'elle ne l'était pas.

C'était comme avoir droit à une seconde chance. Mon cœur battait à tout rompre. Mon sourire était brûlant tel un soleil. Je me suis levée pour lui faire signe des deux mains.

– Oh, mon Dieu ! s'est-elle exclamée.

Elle s'est dirigée tout droit vers moi et a planté sa trousse sur le bureau à côté du mien ainsi comme on plante un drapeau au sommet de l'Everest ou pile au pôle Sud. Le jour s'est grand ouvert face à nous, l'horizon a de nouveau reculé dans le lointain et tout est redevenu possible.

– Elk ! s'est-elle exclamée en me prenant dans ses bras. Incroyable ! C'est toi !

Elle m'a serrée sur son cœur sans me relâcher, cramponnée à moi comme à un cerf-volant près de s'échapper. Le prof parlait de bouteilles d'eau et de portables. Il s'appelait M. Elliot et il avait une énorme gueule de bois. Je l'avais entendu le dire à un autre prof dans le hall.

– Qu'est-ce que j'ai raté ? m'a-t-elle demandé lorsque nous nous sommes finalement assises.

Je ne pouvais pas détacher mes yeux d'elle.

– Pas grand-chose. (Je le pensais véritablement, parce que, soudain, c'était comme si la vraie vie venait tout juste de recommencer.) À vrai dire, rien du tout.

La gueule de bois de M. Elliot l'avait suffisamment ramolli pour qu'il nous laisse discuter entre nous pendant l'appel. C'est Mab qui m'a appris tout ce que je devais savoir : l'emplacement de la cantine, comment passer le plus vite possible d'un cours à l'autre, le bon endroit où traîner dans la cour de récréation, les profs à qui on pouvait faire confiance et les autres.

– Les sixièmes n'ont pas le droit d'aller dans les toilettes du bas. Territoire interdit pour nous. Apparemment, M. Elliot est une chiffe molle, mais ne t'approche pas de Miss Bartlett ou de M. Wingler, si tu peux les éviter.

– Pourquoi ?

– Ce sont des sévères. Le méchant et la méchante.

– Comment tu sais tout cela ?

– C'est France qui m'a entraînée pendant l'été. (Elle s'est touché le bord du nez.) Infos confidentielles.

J'ai repensé à son frère allongé sur la pelouse, et au pays où vivaient les loups.

– Je suis revenue, mais tu avais disparu.

Elle a mimé l'horreur, les deux mains plaquées sur ses joues.

– Attends que je lui dise que tu as réapparu.

– Pourquoi ? Qu'est-ce qu'il va faire ?

Elle a incliné la tête.

– Il sera ravi, bien sûr. Il sera très content, pour moi.

Elle a noté mon adresse et mon numéro de téléphone sur trois bouts de papier différents. Elle en a glissé un dans sa trousse, un dans la poche de son chemisier et un au fond de sa chaussure.

– Je ne peux plus me planter, j'ai des sauvegardes.

– On se retrouvera ici demain, et presque tous les jours par la suite.

– Je sais, a-t-elle dit avec un grand sourire. C'est le truc le plus génial qui me soit jamais arrivé. Je n'ai pas l'intention de te perdre de vue une nouvelle fois.

Chapitre 9
Graffitis

Au téléphone, la mère de Mab a dit à la mienne que Mab n'avait pas arrêté de parler de moi depuis le premier jour et elle a demandé si je voulais venir passer la nuit chez eux. Elle s'appelait Joss. Maman pouvait à peine entendre un mot de ce qu'elle disait parce que Knox hurlait comme si sa vie en dépendait – peut-être que c'était le cas. Je n'étais jamais allée dormir chez une amie. Personne ne m'avait jamais invitée. J'ai fait mon sac sans savoir quoi y mettre. Une brosse à dents et un pyjama. Un livre, je crois, et une barre de chocolat que j'avais prise dans le frigo.

Samedi, papa a poussé Knox dans son landau jusqu'en haut de la colline, avec mon sac posé sous la nacelle. Knox dormait et papa a dit que cela faisait un bail qu'il n'avait pas entendu de toutes petites choses, tels les oiseaux ou les feuilles des arbres.

– Ou le son de ma propre voix. Ou mes propres pensées.

– C'était comme ça quand j'étais bébé ? ai-je demandé.

Il a ri.

– Non, tu étais notre première, c'était mille fois pire.

Après cela, nous sommes restés silencieux. Nous avons écouté les roues du landau sur le trottoir, une voiture manœuvrant en marche arrière, les goélands, le bruit de nos pas, un petit avion quelque part dans le ciel au-dessus de la mer.

Mab habitait Florence Gardens. Papa a poussé un sifflement quand nous sommes arrivés à l'angle de sa rue. Une large rue, verdoyante et si calme qu'on aurait pu entendre une mouche voler, envahie par le ciel et bordée de demeures volumineuses comme des gâteaux de mariage, au glaçage couleur pastel, entourées de troncs d'arbre. La même ville que la nôtre mais à des années-lumière. À vrai dire, un monde complètement différent du nôtre.

– Tu les choisis bien, tes amies, a dit papa.

Mais je savais déjà que c'était Mab qui m'avait choisie.

Sa maison, la dernière sur la droite, était la plus grande et la plus blanche. Plus nous approchions, moins elle paraissait immaculée. Je ne savais pas si elle avait un nom, on ne voyait pas de numéro. Le toit et les murs étaient rafistolés et penchaient de tous côtés. Il y avait une caisse en bois vissée sur la façade pour recevoir le courrier et une voiture rouge poussiéreuse garée si près qu'elle avait l'air de faire partie du bâtiment. Par une fenêtre restée ouverte, j'ai aperçu une pièce. Turquoise, avec une petite fenêtre très haute comme dans une cellule. Le soleil qui se déversait sur une plante en pot aiguisait le bord en dent de scie de ses feuilles.

Dehors, les haies avaient trop poussé et le jardin était un grand triangle de végétation touffue et indisciplinée. Un portillon rouge et rose pendait telle une langue. Par les interstices entre le feuillage, on voyait des chaises dépareillées rassemblées en petits groupes comme pour bavarder. L'herbe était parsemée de bouteilles, telles des fleurs des champs. Un saule avait vraiment l'air de pleurer. J'ai ouvert le portillon et papa est entré en poussant le landau. J'entendais des gens parler, mais sans voir personne. Des voix, comme s'il y avait une soirée, et quelqu'un qui reprenait sans fin *When the Saints go Marching in* à la trompette.

– Tu es sûre que c'est ici ? m'a demandé papa.

Je n'étais sûre de rien du tout, jusqu'à ce que Mab, en survêtement jaune vif, sorte en trombe comme un missile. Elle m'a serrée dans ses bras, s'est mise à danser tout autour de nous et quand elle a approché son visage tout près de celui de Knox, papa s'est figé.

– Son haleine sent si bon. On dirait… de l'air frais, ou des bonbons, a-t-elle dit, cherchant le mot juste.

Mon tout petit frère a sursauté dans son sommeil, comme lorsqu'on tombe.

– Réflexe de défense, a-t-elle déclaré.

– Vraiment ?

Je n'en avais jamais entendu parler.

– Imagine ce à quoi les bébés doivent rêver, a-t-elle repris, avec un sourire irradiant de lumière.

Jamais depuis la naissance de Knox je n'avais pensé à cela. C'était une bénédiction que d'écouter Mab traduire le monde dans son langage afin que je puisse le voir ainsi qu'elle le voyait. Dès les premiers moments, j'ai considéré cela comme un honneur.

Elle l'a humé comme s'il était une fleur mais papa, beaucoup moins impressionné que moi, est intervenu :

– Doucement. Il ne s'agirait pas de faire exploser quoi que ce soit. On va essayer de ne pas énerver la bête

Sa mère est sortie de la maison pour nous accueillir. Il y

avait de la peinture sur une de ses manches et ses fins bracelets en or étincelaient dans le soleil. Elle parlait, la main posée sur mon épaule, et sentait le jasmin, la térébenthine et l'herbe coupée. Papa faisait rouler le landau d'avant en arrière pour que Knox ne se réveille pas.

– Sois sage, m'a-t-il dit en me serrant dans ses bras. Sois toi-même, je t'aime, amuse-toi bien.

Il est reparti et on a entendu le landau franchir le portillon puis rouler sur le trottoir, le bruit s'éloignant, avant de traverser la rue. J'ai envisagé un instant de m'inquiéter mais Mab m'a entraînée dans la maison. Quitter la luminosité de l'extérieur pour l'obscurité de l'intérieur m'a donné la même impression de noir et de repli sur soi que l'on ressent avant de s'évanouir.

Nous avons ôté nos chaussures et fait de longues glissades en chaussettes sur le parquet ciré. J'entends encore comme si j'y étais le bruit silencieux que nous faisions. L'endroit ressemblait à une galerie ou à un musée. Il y avait beaucoup à voir sur les murs et j'ai tout regardé. Ma grand-mère appelait cela « utiliser ses yeux en fermant la bouche ». La rampe de l'escalier, en bois verni foncé, se terminait par une spirale serrée comme une nouvelle pousse de fougère, ou un poing.

J'ai suivi Mab dans la cuisine, une pièce encombrée de casseroles, de mixeurs et autres équipements, planches à découper, couteaux aiguisés et livres de recettes empilés sur une étagère. Sur le plan de travail, un énorme saladier empli à ras bord de fruits, et des herbes aromatiques en pot. Quelque chose à l'odeur savoureuse mijotait sur la cuisinière. Tout le rez-de-chaussée de notre maison aurait tenu dans cette pièce. Une longue table en occupait le centre et tout était en double : deux fours, deux éviers, deux frigos. Je n'avais jamais envisagé qu'un seul puisse ne pas suffire.

– Mon père est chef cuisinier.

– Et ta mère ?

– Elle est peintre. Elle est absolument nulle en cuisine.

France est entré et a commencé à fouiller dans un des frigos. Il portait une chemise et un short noirs et des tennis troués. Je le regardais, Mab me regardait.

– Tu vois, a-t-elle dit, je l'ai retrouvée.

– Comme on trouve un trésor, a-t-il dit en riant. À l'endroit marqué d'une croix. (Il s'est appuyé contre le plan de travail, en face de moi.) Comment tu t'appelles déjà ?

Mab a répondu avant moi :

– Elk.

Il a souri.

– C'était bien ça. Elk. (Il a mordu dans une pomme et l'a presque coupée en deux. Ses dents étaient blanches et très régulières.) Elle n'a pas arrêté de parler de toi, Elk.

– Tu étais perdue, a dit Mab, la main posée sur mon bras. Et je t'ai trouvée.

– C'est exactement ça, ai-je articulé, ayant enfin récupéré ma voix. Tu m'as trouvée.

*

* *

Il y avait un mur dans le salon sur lequel Mab dessinait, en bas, derrière le canapé. Une tête sans corps sur la plinthe. Un arbre perdant ses feuilles sur le parquet. Une boîte fermée d'un nœud et un serpent à la langue fourchue. J'ai écrit mon prénom sur ce mur. J'ai fait le dessin raté d'un cheval. J'ai voulu l'effacer pour recommencer mais je n'y suis pas arrivée. Il refusait de s'effacer.

Son père portait le genre de chaussures qu'on entend venir de loin car elles font le bruit d'une batterie en claquant sur le sol. Je me suis redressée, comme si j'allais me faire gronder à cause des graffitis mais il n'était pas ainsi. De grandes mains, une voix forte, un visage doux, une sorte de tic-tic dans la mâchoire. Merci de m'avoir invitée, lui ai-je dit, ainsi que maman m'avait dit de le faire.

Il a posé sa main sur ma tête comme pour me bénir. Sa peau aussi sentait le jasmin.

La chambre de Mab était au grenier. Plus obscure que la nuit à cause des stores occultants, et douillette car les murs étaient tapissés de longs rideaux épais. De vrais rideaux de scène, m'a expliqué Mab, et j'ai pensé à toutes les personnes qui les avaient vus avant nous, et à tout ce qui s'était déroulé derrière.

Un projecteur posé par terre faisait lentement tournoyer des planètes et des étoiles sur toutes les surfaces dans un profond silence. Elle a toujours ce même projecteur cinq ans plus tard, bien que les livres sur ses étagères soient différents et que les photos aussi aient changé. Si ce que j'ai lu à ce sujet est un tant soit peu véridique, c'est le laps de temps qu'il faut pour que toutes les cellules de notre corps soient renouvelées, ce qui me fait me demander si nous sommes toujours bien la même personne.

– Je n'ai plus peur du noir, a-t-elle déclaré. C'était quand j'étais petite.

Moi, j'en avais toujours peur mais je ne le lui ai pas dit.

– J'ai un peu peur de ton frère, ai-je prononcé à la place.

Ça l'a fait rire. De petites notes haut perchées dans l'obscurité profonde.

– Non, ce n'est pas vrai.

– Et des attaques de requin. Et de la mort, ai-je ajouté.

Sa voix était une étincelle dans le noir. Elle me tournait le dos, quelque part dans l'espace.

– Les attaques de requin, ça ne t'arrivera pas. Mais la mort, si, à coup sûr.

– Je sais, ai-je dit. Mais c'est pas vraiment ça. C'est plus de ne pas savoir quand.

– Oh, je n'aurais pas envie de la voir arriver. Ça gâcherait tout pour moi.

Ça a été la première de centaines de soirées pyjama. J'adorais aller chez Mab autant qu'elle aimait venir chez moi. Nous étions dans la même classe au collège. Je suis si heureuse que nous n'ayons jamais été séparées du début à la fin, sauf quand on ne pouvait pas faire autrement.

Granny disait que nous étions la définition même du mot *inséparable.*

– En physique quantique, on appelle cela l'enchevêtrement. Et vous êtes des particules enchevêtrées, toutes les deux. Vous formez un système lié, quelle que soit la distance qui vous sépare.

– C'est un truc que je ne comprends pas, disait Mab. Mais je sais que c'est vrai.

Chaque jour, nous apprenions quelque chose de nouveau l'une sur l'autre. Nous nous comparions. J'avais les cheveux raides, de vraies baguettes de tambour, pas elle. Son nez était mince et fin, le mien semblait toujours me précéder telle la proue d'un bateau. Je pouvais rouler ma langue en U, comme un taco, pas elle. Mais elle pouvait lever un seul sourcil sans même en avoir conscience alors que moi, je me donnais mal à la tête à force d'essayer en vain tandis qu'elle demandait, ne me dis pas que tu es en train d'essayer, là ? Tu n'y es pas du tout.

Quand nous nous trouvions un point commun, c'était comme avoir gagné une épreuve et de faire la fête.

Nous détestions toutes les deux le blanc filandreux des œufs – le nombril, disait Mab, qui le repoussait sur un bord de son assiette. Nous adorions danser. Nous dormions toutes les deux sur le côté droit, les genoux repliés et le bras gauche devant le droit. Les mêmes choses nous faisaient rire, et quand nous étions ensemble, c'était la plupart des choses. Mab tenait à apprécier ce qui se présentait, absolument tout, s'il y avait moyen de le faire. C'était une de ses rares règles de vie. Nous fredonnions quand nous étions occupées. Les chiens, les personnes âgées, le recyclage, tout ça comptait pour nous. Et nous comptions l'une pour l'autre. Surtout ça, en priorité.

Nous avions toutes les deux une veine saillante au creux du genou droit. Épaisse comme un ver de terre, elle apparaissait à la surface de la peau sur quelques centimètres avant de replonger et de redevenir invisible.

France a exactement la même. La première fois que je l'ai vue, nous étions dans le jardin de leur maison, l'été de la troisième, et il dormait à plat ventre, inconscient sous le soleil de l'après-midi.

– Regarde, Mab ! ai-je dit en pointant du doigt.

Ils s'étaient disputés. Au sujet d'un chargeur et de quelque chose d'autre. Rien d'important. Ça ne durait jamais.

– C'est la seule chose que j'aie en commun avec lui pour le moment, a-t-elle déclaré.

Il a tourné la tête et a ouvert les yeux, tout ensommeillé, des brins d'herbe collés sur la peau.

– On a plein de choses en commun, a-t-il dit en souriant.

– C'est vrai, ai-je confirmé. Mab et toi.

– On a la même veine, a dit Mab.

France s'est penché et a touché l'arrière de son genou.

– Je sais. Elk, elle n'en a pas une, aussi ?

– On est comme le Gang de la main noire, a dit Mab. Sauf qu'on est quoi, exactement ?

– Le Club des veinards ? ai-je suggéré.

Et leur dispute a officiellement pris fin. France a roulé sur le dos et m'a regardée en riant.

Je n'ai jamais vu de veine semblable sur la jambe de personne, et ce n'est pas faute d'avoir cherché. Knox n'en a pas. Ni papa et maman. Je suis allée à la plage en plein été quand elle est bondée, et pas une seule en vue.

Il n'y a donc que nous dans notre gang, avec ce défaut d'origine. Je me suis souvent dit que, si l'envie vous prenait de la percer d'un coup de couteau, vous auriez pu nous saigner à blanc.

Chapitre 10
Horloges

Dans le silence du cabinet de Stevie, Mab me demande de prendre un coquillage posé sur l'appui de fenêtre. Je ne l'avais pas remarqué auparavant. Peut-être est-ce l'homme aux yeux de lapin qui l'a laissé. Il tient, lisse et frais, dans le creux de ma main.

– C'est agréable, dis-je.

Mab soupire doucement près de moi. Jalouse.

Oui. Mets-le contre ton oreille. Tu entends la mer ?

Ce que j'entends, c'est elle. Qui respire. Lentement et profondément, comme lorsqu'elle dort. Elle s'endort si rapidement. Comme une lumière qu'on éteint. Comme on chute d'une falaise. Elle est ici, puis elle n'y est plus. Moi je restais éveillée et cela me faisait envie.

– S'il n'y a personne qui attend dehors, dis-je à Stevie, j'ai une chose de plus à dire.

Stevie se penche en avant pour m'écouter. Il fait chaud dans la pièce, l'ambiance est douce. Mab, satisfaite, cligne lentement des yeux, tel un chat.

– J'ai réfléchi à cette question du voyage dans le temps, dis-je. Ou plutôt au fait que le temps n'existe pas vraiment.

Stevie se redresse contre le dossier de sa chaise. Mab me

regarde avec l'air qu'elle a toujours quand je démarre sur ce sujet.

– Écoutez-moi jusqu'au bout. Je veux juste dire qu'il est possible, en théorie, que Mab existe à plus d'un seul moment à la fois. Ça a été prouvé, je crois. Mathématiquement.

Continue, dit Mab.

–Vraiment ? je lui demande, en lui lançant un coup d'œil incrédule, parce que je suis à cent pour cent certaine que c'est la première fois qu'elle manifeste de l'intérêt pour ça.

Je t'écoute.

– Donc, elle n'est pas un fantôme, dis-je à Stevie. Pas dans le sens où les gens du XIXᵉ siècle parlaient des ectoplasmes.

Ben non, merci bien !

– Mais elle est la preuve.

De quoi ?

– Que l'univers est ici et qu'il n'est pas ici. Qu'il a du sens et qu'il n'en a pas.

Stevie ne dit rien. Je n'ai pas vraiment besoin qu'elle dise quelque chose. Elle est un miroir durant ces consultations. Elle reflète ce que je dis. Avec elle, c'est vous qui finissez par trouver la solution par vous-même.

*

* *

Je me souviens de la fois où Mab a fait voyager mon petit frère dans le temps. Il avait quatre ans et je devais le baby-sitter parce qu'il n'était plus question de laisser Granny s'occuper d'un enfant. Je l'avais emmené chez Mab en sortant de l'école, avant de rentrer chez nous.

– Tu as quatre ans, mais comment précisément ? lui a-t-elle demandé.

Très concentré, Knox a réfléchi avant de lui dire :

– Quatre ans, c'est tout.

Elle lui a dit qu'en années canines, il avait vingt-huit ans, mais il ne l'a pas crue. On était encore tous les trois dans l'entrée et il l'a dévisagée, les yeux plissés, le regard bleu profond.

– Une année, c'est la même chose pour tout le monde, a-t-il déclaré.

– Oui, c'est vrai, ai-je dit, mais en même temps, ce n'est pas vrai.

Mab a levé les yeux au ciel et collé ses mains sur les oreilles de Knox parce qu'elle savait ce qui allait suivre.

– N'endoctrine pas ton petit frère, a-t-elle protesté.

Mais Knox n'avait pas besoin d'être protégé contre moi. Il aimait ces trucs-là.

– Pourquoi c'est pas vrai ?

– Parce que le temps s'écoule différemment suivant qu'on est plus ou moins proches du sol.

Sourcils froncés, visage pensif.

– La fameuse théorie de la relativité d'Einstein ? a demandé France en arrivant.

– Ne commence pas ! lui a lancé Mab. Pour l'amour du ciel, ne vous y mettez pas tous les deux.

France a ri, mais il est resté là et j'ai poursuivi :

– Si tu mettais un jumeau près de la mer et l'autre au sommet d'une montagne, le temps s'écoulerait plus vite pour le jumeau de la montagne et en fin de compte il serait un tout petit peu plus âgé que l'autre.

– Pourquoi tu ne veux pas qu'ils restent ensemble ? a demandé Knox. (À l'époque, il avait un tout petit menton, pas plus grand que l'empreinte d'un pouce.) Les jumeaux, ils ne vont pas aimer ça.

– Bonne question, a renchéri Mab. C'est tout à fait juste. La science est si cruelle.

– C'est juste une théorie, l'ai-je rassuré. On ne le ferait pas vraiment.

– Les chiens sont plus près du sol que nous, a-t-il poursuivi. Mais il y en a qui sont plus grands que moi.

Mab me regardait, avec un sourire en coin.

– Tout ça, tu l'inventes ? m'a-t-elle demandé.

– Non, c'est vrai. Plus on est proches de la terre, plus le temps avance lentement. Pas de beaucoup du tout pour nous, on ne pourrait pas le mesurer, mais quand même. Et si tu multiplies cette différence par le genre de distances qui existent dans l'espace, ça commence à compter.

– Pauvre petit garçon sans défense, a-t-elle dit. Ça t'arrive souvent, Knox ?

Ça lui arrivait tout le temps. Quel genre de distances ? a-t-il demandé, et on pouvait voir sa langue heurter ses dents quand il a prononcé cela.

– Par exemple, lui ai-je expliqué, la distance à laquelle une seconde sur Terre équivaut à deux millions d'années dans un lointain recoin de l'univers.

En entendant cela, il s'est figé, puis il a cligné des yeux.

France me souriait comme s'il voulait dire quelque chose.

– Qu'est-ce qu'il y a ? lui ai-je demandé.

Il a secoué la tête.

– Je ne savais pas que tu t'intéressais à la physique. C'était agréable de t'écouter.

– Elle est obsédée, a dit Mab. Comme toi.

– Je ne savais pas du tout, a-t-il repris. Tu peux continuer et m'expliquer le chat de Schrödinger ?

– Probablement pas, lui ai-je répondu, mais je pourrais essayer.

Il a de nouveau secoué la tête, sans cesser de sourire.

– Incroyable !

Mab a poussé un gémissement :

– Ça suffit comme ça ! Faudrait vous enfermer tous les deux dans une boîte où vous pourriez parler de tout cela ensemble sans que personne d'autre ne puisse vous entendre.

– Je n'y verrais pas d'inconvénient, a déclaré France.

J'ai essayé de ne pas trop aimer cette réponse, et je me suis concentrée pour ne pas changer de couleur.

Mab s'est accroupie pour s'adresser à Knox :

– Ne les écoute pas. Écoute-moi. Moi, je peux véritablement te faire voyager dans le temps.

– C'est vrai ? m'a demandé Knox, en me jetant un regard interrogatif.

– Ta grande sœur et mon grand frère ne font qu'en parler mais moi, je peux vraiment le faire. Ici, dans cette cuisine. Tu veux venir ?

– Quand ?

– Pourquoi pas tout de suite ?

Il m'a tendu la main. Ses pieds dansaient d'impatience.

– Elk ? Tu viens aussi ?

France nous a filmés avec son téléphone. Une séquence que j'ai regardée des milliers de fois. Nous, Avant. Debout dans la cuisine, dos aux éviers et aux frigos sur notre droite, le genre immense avec une double porte et un distributeur de glaçons et un congélateur qui occupe un côté sur toute la hauteur. On aurait dit deux sarcophages intergalactiques dans lesquels on n'aurait pas été surpris de découvrir Walt Disney ou la reine d'Angleterre, en suspension cryogénique, dans l'attente d'un nouveau tour de manège. Nous sommes tout petits à côté d'eux, Mab et moi, et Knox au milieu. On a encore tellement à grandir.

Mab se met à sauter d'avant en arrière devant les frigos. Le sol est d'un noir brillant tel le dos d'un scarabée, la profondeur de l'espace, une nappe de pétrole. Il y a probablement moins d'un mètre d'un point à un autre, mais elle exécute chaque saut comme si elle franchissait un gouffre infini. Tout est dans la préparation et le danger. Imitez-moi, dit-elle. Faites exactement ce que je fais.

Donc nous nous mettons à sauter à côté d'elle. Nos visages expriment un drôle de mélange – concentration extrême, ridicule, folle témérité –, alors que nous ne faisons que bondir dans la cuisine de Mab.

Nous-mêmes, mais en plus jeunes. La manière dont on était habillées. Celle dont j'essayais alors de forcer mes cheveux à se séparer du mauvais côté. C'était il y a deux ans à peine et nous étions dans ces corps-là, les mêmes corps. Ma chemise était pile à ma taille. Aujourd'hui, je ne suis pas sûre que je pourrais l'enfiler.

– Est-ce que je fais comme il faut ? demande Knox, essoufflé. C'est comme ça ?

Et moi, j'ai l'air perplexe, et Mab, ravie de son coup, n'arrête pas de rire.

– Regardez donc les horloges ! nous lance-t-elle, moulinant des bras pour désigner les deux frigos avec chacun son cadran digital.

La caméra zoome pour qu'on les voie bien. L'une indique 11 : 17, l'autre 13 : 23. On entend France rire.

–Vous voyez ! s'exclame Mab. On voyage dans le temps !

Deux heures et six minutes.

– Oui, on voyage ! dis-je en riant, le regard fixé sur France et sur la caméra.

Knox sautille comme un éclair.

– Oh ! On voyage ! On voyage !

Les autres regardent droit vers l'avenir, vers France et son téléphone tout en sautant. Mab et son nez retroussé, mon frère et ses joues rondes comme des pommes. Je souffle pour repousser mes cheveux de ma figure, le visage illuminé, les yeux plissés.

Aucun de nous n'a la moindre idée de ce qui nous attend.

Stevie tire un mouchoir en papier de la boîte. Elle enlève ses lunettes et se tamponne les yeux.

– Oh, Elk, articule-t-elle. Quel terrible gâchis.

Tu veux que je te raconte mon genre de voyage dans le temps ? demande Mab en observant les larmes de Stevie avec une fascination détachée.

– Oui, dis-je. Vas-y.

Elle pousse un soupir. Elle a grandi maintenant. La Mab de cette vidéo n'était qu'un bébé en comparaison.

Ça ressemble à nous deux sortant de ce bois, bien vivantes.

Chapitre 11
Code

France était deux années au-dessus de nous au collège et tout le monde l'aimait, les professeurs comme les élèves, donc nous avions plus ou moins le champ libre de tous côtés. Grâce à lui, personne n'embêtait sa petite sœur, ni la meilleure amie de sa petite sœur. Et même si les gens ne savaient pas comment nous nous appelions, nous étions protégées. C'était tacite, un non-dit. C'était juste ainsi. J'avais passé tout mon primaire à essayer d'être invisible lorsque je passais près des pestes qui ne m'aimaient pas. Mais ici c'était différent. J'ai vite compris que je pouvais être moi-même sans que cela ne m'attire d'ennuis. Je ne pense pas qu'il y ait quelque chose de plus précieux à l'intérieur d'un bâtiment scolaire.

C'était bizarre, d'après Mab, qu'il y ait autant de filles de l'année de France qui sachent déjà qui elle était et qui fassent autant d'efforts pour être sympa avec elle.

– Je ne veux pas dire que je n'aime pas cela, mais c'est juste un peu trop évident, a-t-elle grimacé.

– Évident ?

– Y a des arrière-pensées. Elles lui courent après en me léchant les bottes.

– Oh ! ai-je réagi, curieusement déçue.

– N'est-ce pas ? a ri Mab. C'est moche, mais c'est vrai.

France était grand, mais il était calme. Pas le genre de frère à vous jeter des choses à la figure, ou à rentrer brusquement dans votre chambre pour vous engueuler. Mab disait qu'elle l'aurait tué s'il avait essayé, et que ceci expliquait cela, et elle avait peut-être raison mais ça n'avait rien à voir. Il était juste doux. Gentil. Je ne l'ai jamais vu rouler des mécaniques. Je me rappelle qu'il avait récupéré un chat perdu qui miaulait dans la cour de récréation. Un chaton à peine sevré. Il l'avait ramassé et il le tenait comme si la petite bête avait été en papier ou en verre, et le chaton était assis dans la paume de sa main, regard écarquillé, clignant des yeux, affolé par tout sauf par France. Je savais que quelqu'un d'aussi doux ne pourrait faire de mal à personne. Pendant longtemps, j'ai pensé que j'avais raison.

Comme papa et maman étaient soit à leur travail, soit plongés jusqu'au cou dans les trucs de bébé Knox, je passais beaucoup de temps avec ma grand-mère après l'école, ou chez Mab, où j'étais toujours la bienvenue. Je n'arrivais pas à savoir ce que je préférais – être chez Granny, chez Mab, ou à la maison. J'étais parfaitement heureuse aux trois endroits. Abondance de biens ne nuit pas, comme le disait Granny. Mab, quant à elle, l'exprimait ainsi : tu ne manques vraiment, vraiment pas d'amour.

C'était un temps de bonheur, et je suis heureuse d'en avoir été consciente car rien ne dure éternellement. Tout passe et disparaît.

Mab adorait aussi venir chez nous. Elle aimait beaucoup ma chambre et le fait qu'elle donne sur une centaine de fenêtres, ce qui lui permettait d'être indiscrète et de regarder ce que les gens faisaient chez eux. De sa chambre, on ne voyait que les oiseaux, les arbres et le ciel. Elle aimait la façon dont Knox semait le bazar dans la maison, toujours à construire ou à démolir quelque chose. Elle aimait son circuit de train et ses petites voitures. Elle aimait la manière dont mon père parlait de politique et celle dont ma mère faisait semblant de ne pas être d'accord avec lui. Elle aimait que Knox nous dise bonsoir depuis sa chambre et que nous lui répondions à l'unisson, nos voix résonnant dans le couloir.

Mab et France appelaient leurs parents Joss et Jay. Cela ne paraissait pas étrange chez eux alors que les miens se seraient certainement rebiffés si je m'étais soudain mise à les appeler Jack et Alan. Leur mère, Joss, peignait notre portrait. Mab et moi, posant ensemble face à face, chacune sur un siège dans son studio, front contre front, à nous chuchoter des bêtises et des secrets. Ou plutôt, c'est Mab qui me révélait ses secrets. Je ne pouvais pas lui confier tous les miens. J'avais peur qu'elle se moque de moi, et je prenais les choses bien trop à cœur pour cela.

– Quand est-ce qu'il sera terminé ? je demandais à Joss lorsque la bonne odeur de ce que cuisinait Jay montait jusqu'à nous pour dire qu'il était l'heure de se mettre à table.

Elle repoussait une mèche de mes cheveux sur mon épaule avec ses mains au parfum de jasmin et me disait :

– Jamais. Il y aura toujours des changements. J'aurai toujours envie de faire votre portrait à toutes les deux.

J'avais dit à France que ma grand-mère était physicienne et que je voulais étudier la physique comme elle. Il m'a prêté ses livres. Il m'a laissé m'asseoir dans sa chambre une fois ou deux pour écouter ces conférences organisées à Caltech dans les années 1960 sur la physique quantique. Le professeur s'appelait

Richard Feynman. France disait qu'il était célèbre, une véritable légende, et que c'était un très bon orateur. Drôle, et d'une intelligence époustouflante. Je ne comprenais pas grand-chose à ce qu'il disait, mais France affirmait que cela n'avait pas d'importance car tout provenait du fait de s'émerveiller. C'est cela qui vous attirait.

– Même les experts n'y pigent rien, me disait-il, parce que cela n'a pas vraiment de sens.

– C'est toi qui dis des choses qui n'ont aucun sens, déclarait Mab, qui traînait dans l'embrasure de la porte. Arrête d'essayer de me voler ma meilleure amie avec ton charabia scientifique incompréhensible.

Elle souriait mais elle parlait sérieusement. Alors je me levais et je quittais la chambre de France et, à chaque fois, j'avais de moins en moins envie d'en partir.

Granny souffrait d'une maladie évolutive, c'est-à-dire qu'elle s'aggravait régulièrement et qu'il n'y avait rien à faire pour l'arrêter. Je ne sais pas dans quelle mesure papa et maman y étaient préparés mais moi, je me suis laissé surprendre. Je pensais juste qu'elle oubliait les choses ou qu'elle était distraite jusqu'à ce que la dégradation devienne aussi brutale que la chute du haut d'une falaise.

J'étais en quatrième, au moment où les après-midi deviennent sombres. Une période que j'ai toujours aimée. Je faisais mes devoirs à la petite table de sa cuisine, avec la radio allumée. Granny chantonnait un air du temps passé avec une voix de poupée plongée sous l'eau. J'avais la tête farcie de mathématiques. Facteurs et multiples. Elle nous préparait ses pâtes à la sauce tomate alcoolisée : un peu de vodka, pour rendre les tomates plus sucrées. Une recette qu'elle avait dû faire une centaine de fois. Au moment où elle transportait la casserole d'eau bouillante de la plaque à l'évier pour égoutter les pâtes, elle s'est immobilisée au milieu de la cuisine, la vapeur s'élevant tout autour d'elle, et elle m'a regardée fixement.

– Depuis quand es-tu revenue ?

J'ai ri. J'ai cru qu'elle plaisantait.

– Depuis trois heures trente.

– Le vol a été long ?

Je l'ai dévisagée. Elle avait un drôle d'air. Différent. Dur et fermé. Comme si je ne la connaissais absolument pas.

– Quel vol ?

Nous nous sommes regardées pendant une seconde avant que la lumière ne revienne sur son visage, qu'elle redevienne ma grand-mère, que sa bouche s'arrondisse en un O et qu'elle fasse tomber la casserole d'eau bouillante sur ses jambes.

Je me souviens que ses tibias sont devenus écarlates, son visage, tout blanc. Je me souviens qu'elle s'est assise sur une chaise, toute tremblante, en émettant une sorte de roucoulement, telle une colombe terrifiée. Je ne voulais pas la toucher car je savais que cela ne ferait qu'empirer la situation. Elle me disait de ne pas appeler le médecin parce qu'elle aurait des ennuis, ou quelque chose comme ça.

– Je croyais que tu étais ma sœur, répétait-elle. Si tu leur racontes, ils vont m'emmener.

Elle délirait un peu. Je ne savais même pas qu'elle avait une sœur. Je me suis dit qu'elle était en état de choc. J'ai téléphoné à la maison. Rien. Le portable de papa était éteint et maman ne décrochait pas. Alors j'ai appelé chez Mab et c'est son père qui a répondu :

– Bonjour, Jay à l'appareil.

Je crois que la première chose que je lui ai dite c'était : au secours ! J'ai dû lui expliquer comment venir chez Granny. Il est arrivé en moins de dix minutes avec France sur le siège avant. Ensemble, ils l'ont aidée à monter dans la voiture. Elle pleurait très fort. Elle devait avoir très mal. Je me suis assise à l'arrière avec elle et je lui ai tenu la main. Une main si vieille, les phalanges tordues, comme la serre d'un oiseau. France nous regardait par-dessus son épaule mais il ne disait rien. Personne, je crois, n'a rien dit.

Aux urgences, c'était un véritable carnage. Dans notre file d'attente, il y avait un homme, le doigt transpercé par un clou ; une femme qui n'arrêtait pas de vomir dans une bassine bien qu'elle n'ait plus rien à recracher ; un bébé, le regard vitreux, dont les parents avaient l'air de devenir fous et deux gamins qui avaient fait une chute à vélo en jouant à « cap, pas cap » au bord d'une falaise. Personne ne rigolait, les infirmières s'affairaient dans tous les sens telles des fourmis et la dame de l'accueil ne se laissait pas marcher sur les pieds, ce qui semblait tout fait normal, vu la situation.

Jay est reparti car il avait du travail qui ne pouvait attendre, mais mon père était en route pour nous retrouver et France est resté avec moi. C'est là que Granny s'est mise à trembler comme pas possible et il a ôté son blouson pour le lui passer autour des épaules. Je lui caressais les cheveux sans cesser de murmurer, ça va aller, ça va aller, et elle me répétait d'une toute petite voix, je veux ma maman.

France a alors vu mon visage et il m'a aussi pris la main. Il s'est contenté de la serrer. Nous sommes restés assis là, une fille et un garçon et une vieille dame, main dans la main comme une de ces ribambelles de papier découpé qui font danser des bonshommes d'un côté à l'autre d'une pièce. Nous étions toujours assis ainsi lorsque mon père est arrivé. Je l'ai vu cacher tout ce qui a dû lui traverser l'esprit derrière ce masque, ce sourire placide, épave au fond d'un lac. Granny l'a regardé comme un inconnu quand il a dit :

– Oh, maman, regarde dans quel état tu t'es mise. Qu'est-ce que tu as bien pu fabriquer ?

– Où est Mab ? ai-je soudain demandé à France tandis que papa enlaçait Granny.

Jusque-là, je n'avais pas pensé à elle un seul instant.

– Elle est sortie avec Joss. Elles sont à la piscine, je crois, ou bien elles font des courses.

Une de mes mains était toujours dans la sienne et de l'autre il pianotait sur son genou. Il fixait le sol. France avait un beau profil. Un nez fort, une bouche pleine. Je l'ai regardé. J'ai pris mon temps pour le contempler.

– Merci d'être venu. C'est vraiment gentil d'avoir fait ça.

Alors il a lâché ma main.

– Je ferais n'importe quoi pour toi, Elk, m'a-t-il dit, d'une voix basse et calme, puis il m'a regardée et il s'est passé quelque chose.

Je ne sais pas. La même chose, mais en différent. Sans mot, quelque chose avait été dit. Comme si j'étais à l'extérieur de cela, puis que je n'y étais plus. Comme si, dans la chambre forte d'une banque, on avait tapé un code et qu'une à une toutes les portes s'étaient ouvertes entre nous.

Chapitre 12
Ruban

J'ai essayé trop de tenues appartenant à Mab avant cette soirée. Aujourd'hui, ça me désole d'avoir gâché le peu de temps qu'il nous restait juste à m'habiller. Quoi que je mette, j'avais toujours l'impression d'être une version bon marché d'elle-même.

– Essaie donc celle-là, me disait-elle. Et celle-là. La noire. Tu vas être incroyable avec.

Je n'avais pas envie d'être incroyable dans quoi que ce soit. Je voulais juste changer d'avis, ne pas sortir, boire un thé et peut-être regarder un bon film. Je n'avais qu'une envie : remettre mon pantalon de survêtement.

– Faut que tu résistes, m'a dit Mab, le visage collé au mien alors qu'elle me mettait du mascara.

Sa gorge quand elle a dégluti. La minuscule marque de varicelle sur son cou.

J'ai résisté et nous sommes descendues à la cuisine où France mangeait des restes.

– Tu es super, a-t-il dit, mais Mab lui a dit de se taire et quand je lui ai dit merci, toutes les cellules de mon corps ont lutté pour ne pas se rapprocher de lui, pour ne pas rougir.

Il nous a emmenées en voiture jusque chez Freya Fisher,

à l'autre bout de la ville. C'était une maison isolée, comme si quelqu'un l'avait laissée tomber là et n'était pas venu la récupérer, avec un ruban d'asphalte qui serpentait entre les arbres et en ressortait. Pas de lampadaires, pas de caméras, pas de preuves. Il a dû se garer un peu avant sur la route car il y avait trop de voitures dans la cour. On pouvait entendre la soirée, la sono, les basses et le bourdonnement des gens, une centaine de voix qui criaient pour se faire entendre toutes en même temps. J'ai poussé un long sifflement. Mab a levé un sourcil.

– Freya Fisher a vraiment organisé une soirée ! a-t-elle déclaré avec une surprise feinte qui nous a fait éclater de rire.

On ressentait une attraction, la sensation de planer dans l'air, une excitation magnétique. Un bruit assourdissant. Si fort que j'ai continué à l'entendre après, de la même manière qu'une lumière laisse une impression sur la rétine qui continue de vous agacer dans le noir.

– Tu viens ? ai-je demandé à France.

Il a secoué la tête.

– Je ne pense pas.

– Allez, viens ! a lancé Mab. Juste un petit moment. Freya sera si honorée qu'elle va sans doute se mettre à pleurer.

Il a ri et coupé le moteur. Nous sommes restés assis un moment tandis que la pluie martelait les vitres de la voiture et que les flashs des spots transperçaient les arbres. J'ai compté jusqu'à trois et nous avons jailli de la voiture. La pluie tombait en grands rideaux comme si le ciel nous déversait des baquets sur la tête.

– Qui a eu cette idée de génie ? a demandé Mab, en me tirant la langue, abritée sous la capuche de son imper.

Chaque fois que je tournais la tête pour la regarder, je me prenais la pluie en pleine figure alors j'ai arrêté de le faire, parce que je ne savais pas qu'il me restait si peu d'occasions de la regarder.

Quand nous avons tourné le coin, nous avons découvert la cour illuminée de spots qui faisaient rebondir les contours de bras, de jambes et de têtes enchevêtrés, tressautant au même rythme comme s'ils ne constituaient qu'une seule bête, se séparant puis se rassemblant de nouveau. Mab m'a attrapé la main et nous avons couru pour plonger au cœur de cette foule, laissant France quelque part derrière nous. Tout le monde était là, si heureux de se voir, chacun soulagé que l'école soit finie et que la vie soit sur le point de commencer.

Quelqu'un a demandé, c'est ton frère ? et quelqu'un d'autre a lancé, FRANCE !

– J'avais raison ou j'avais raison ? m'a crié Mab, pour se faire entendre malgré le bruit.

– Tu as toujours raison, lui ai-je répondu de même.

Je ne sais pas au bout de combien de temps Mab et moi on s'est retrouvées à faire la queue à la salle de bains, dans le couloir de l'étage. France était dans le jardin avec la meute de loups, le nom que nous donnions au groupe de mâles dominants du collège. J'ignore quel est le mot qui désigne un groupe de misogynes en herbe – « un clan », peut-être –, mais, quoi qu'il en soit, la meute ferait l'affaire. La file d'attente, des groupes de deux ou trois filles, avançait lentement. Derrière la tête de Mab, on voyait de vieilles photos de Freya Fisher et de ses sœurs en robes identiques, comme si elles avaient grandi dans une secte.

– Comment peux-tu ne pas aimer une fille qui a eu une telle enfance ? m'a-t-elle demandé.

– Je l'aimerais encore plus si les robes avaient été assorties aux rideaux.

– Moi, je ne pourrais pas t'aimer encore plus, même si j'essayais, m'a-t-elle déclaré.

Une fille un peu soûle qui était devant nous a alors demandé :

– Où il est, ton frère ?

– Ouais, celui qui est sexy, a ajouté son amie.

– Dehors, a dit Mab, il joue avec les loups.

Elles lui ont jeté un regard noir.

– Il sort avec quelqu'un ? a demandé la première.

J'ai essayé de ne pas la détester.

– Je ne pense pas, a répondu Mab avec un sourire aimable. Pourquoi n'irais-tu pas lui demander directement ?

Quand ça a été notre tour dans la salle de bains, elle a refait son eye-liner et s'est occupée du mien. Il y avait des bouteilles de bière dans la baignoire et Freya Fisher avait punaisé une note, écrite de sa plus belle écriture arrondie, qui disait : *Appuyez 2 fois sur la chasse d'eau.*

– Ça m'a l'air parfait, a déclaré Mab à nos deux reflets dans la glace, puis elle a sorti son téléphone pour prendre nos toutes dernières photos en aboyant diverses consignes ainsi qu'un photographe de mode : Naïve. Dure à cuire. Vulnérable. Féroce.

– Si tu ris comme ça, a-t-elle dit, ton maquillage va couler.

– Je ris comme je ris, je ne peux pas m'en empêcher.

– Qu'est-ce que je ferais sans toi, Elk ? a-t-elle alors demandé, en regardant son propre reflet dans la glace.

– Tu n'auras jamais à le savoir.

Les filles qui attendaient que la salle de bains soit libre ont alors commencé à frapper sur la porte.

– Pourtant tu l'aimes bien, n'est-ce pas ? a-t-elle poursuivi, décontractée, comme si elle ne disait pas grand-chose.

– Qui ça ?

– Mon frère, idiote.

– Oh !

J'aurais dû lui dire à ce moment-là. *Oui, je l'aime bien. Et plus que cela.* J'aurais dû lui dire ce qui avait finalement commencé à se passer entre moi et France quelques semaines seulement auparavant. J'aurais pu alors en finir avec tout ça et être sincère. Si seulement je l'avais fait !

Mais j'ai simplement dit, pas plus qu'hier, parce que j'ai considéré que ce n'était pas un mensonge et que ce n'était pas toute la vérité. Au bout du compte, je suis une trouillarde. J'ai échoué à cette épreuve-là.

– Est-ce que tu sortirais avec lui ?

Mab me regardait fixement dans la glace, comme pour me coincer.

– Pourquoi tu me demandes ça ?

Elle s'est lissé les cheveux. Son regard a dévié.

– Il y a une drôle d'atmosphère, a-t-elle dit.

Mon pouls est passé de 0 à 100 en quelques secondes.

– Vraiment ? J'ai pas remarqué.

Elle a ri :

– Pas étonnant. Tu ne remarques jamais rien.

J'ai pris cela comme un compliment et elle a ajouté :

– Il t'aime vraiment beaucoup.

Je n'avais pas l'intention d'avoir l'air si heureuse, mais je me suis fait voler mon visage par un sourire.

Mab n'y a pas répondu. Elle avait quelque chose d'implacable. Sourcils froncés dans un visage dur.

– C'est juste pour que tu saches, a-t-elle poursuivi. Je n'aimerais pas ça du tout.

– Waouh ! D'accord.

J'étais là dans la salle de bains et j'étais aussi comme une sorte de drone de moi-même, planant au-dessus de la scène que j'observais. J'étais deux personnes à la fois, écartelée par les deux questions contradictoires qu'engendrait cette idée, moi avec France.

Pourquoi ne pouvions-nous pas être ensemble ? Et en même temps, comment le pourrions-nous ?

Ce foutu univers tout entier était incohérent et se contredisait. Pourquoi donc, moi aussi, n'aurais-je pas pu me contredire ?

– Désolée, a dit Mab, je veux juste être franche. Tu comprends, prendre le taureau par les cornes, ce genre de truc.

– Bien sûr, et j'apprécie beaucoup.

C'était faux, en réalité. Je voulais juste sortir de la salle de bains. Je voulais que Mab arrête de me dire ce que je devais faire.

– Elk… (Elle m'a retenue par la main.) C'est quelque chose que je détesterais.

– Allons-y.

– OK. (Elle m'a lâché la main lorsque je suis sortie la première dans le couloir.) Est-ce que je peux te rappeler les inconvénients ?

– De quoi ?

– De France.

– Si tu veux. (Je ne l'écoutais plus vraiment.)

– Je vais frapper fort, tu sais.

– Comme d'habitude, ai-je rétorqué, sarcastique.

– Il mange comme un porc.

– J'ai vu ça.

– Il ronfle.

– Je sais. On l'entend depuis ta chambre.

– Ses pieds sont moches.

– Vraiment ? Je n'avais pas remarqué.

– Il est assez arrogant. Et il m'a cassé ma trottinette quand j'avais huit ans.

– Il n'est pas arrogant.

– Ma trottinette, Elk !

J'ai ri :

– Il m'a raconté qu'elle était au bout du rouleau.

– Oui, eh bien, il l'a achevée, il l'a définitivement crevée.

– Tu as fini ? ai-je demandé. C'est tout ?

– Ça n'est pas drôle, a-t-elle déclaré, je ne plaisante pas. Ça serait vraiment trop bizarre. Je t'en prie, ne fais rien.

– On ne fera rien.

Mais dire cela, c'était déjà mentir.

Dans le chaos de la cuisine, elle a versé deux verres qui avaient un goût de pousses vertes et d'éthanol. Nous nous sommes serré la main comme pour sceller un contrat. Nous avons trinqué.

– Tu me le promets ? a-t-elle demandé.

Je n'ai pas répondu.

– Tu me le jures sur ta vie ?

J'ai attrapé la bouteille.

– On prend le risque d'un deuxième verre ?

Elle a fait une grimace.

– C'est trop dégoûtant.

– Encore un et puis c'est tout, lui ai-je dit, en reprenant une expression que Knox avait l'habitude de dire.

– Marché conclu. Tu es contrariée ?

– Moi ? Non.

– C'est juste que je t'aime, et que je ne veux pas te perdre.

– Tu ne peux pas me perdre. C'est toi qui m'as trouvée.

Chapitre 13
Statue

Ce que Knox préférait escalader, une fois devenu assez fort pour cela, c'était une statue de marbre représentant une femme plus grande que nature et qui s'élevait sur la place de la mairie. Elle portait une cape avec une capuche. D'une main, elle tenait une liasse de feuilles et de l'autre ce qui ressemblait à un long compas pointu. Couverte de la tête aux pieds de fientes d'oiseaux et d'autres détritus, très malodorante, elle se tenait là, stoïque, impassible, parfois coiffée d'un cône de signalisation. Elle s'appelait Mary quelque chose, et comme de bien entendu elle n'était là que parce qu'elle était la femme ou la sœur de quelqu'un. Mais je l'aimais bien. Son vêtement la drapait comme de la soie plutôt que de la pierre, les plis de sa cape s'étageaient comme des marches jusqu'au sommet. Les détails de son visage avaient acquis une sorte de douceur neutre, ainsi que ceux du pêcheur en fibre de verre au chapeau jaune installé à la sortie du *fish 'n' chips* sur la jetée, jusqu'à ce que son nez se casse et que les gens commencent à éteindre leurs cigarettes dans le trou.

On l'appelait la pauvre Mary. Genre, je te retrouve à six heures devant la pauvre Mary.

Knox l'escaladait principalement parce qu'il voulait tout

escalader. C'était une sorte d'exploration universelle, comme lorsqu'il avait appris à parler et qu'il se promenait partout en nommant tout ce qu'il connaissait – poivre, échelle, table, jus de fruit. Telle une abeille affamée qui cartographie le monde.

Mab et moi étions chargées de nous occuper de lui ce jour-là. On prenait notre temps, tous les trois, et on se baladait en suivant le programme de Knox, un mélange d'intenses détails et d'absence totale d'objectif général.

– J'adore être avec ton frère, a dit Mab. On ne peut strictement pas savoir ce qui va arriver ensuite.

Les gens nous jetaient des regards désapprobateurs quand nous le laissions escalader la pauvre Mary. Une vieille dame a ronchonné. Maman lui aurait dit de descendre, j'en suis sûre, mais il se débrouillait très bien, sans prendre de risque, et il adorait la vue.

– C'est quand même assez haut, disait Mab quand les gens nous fusillaient du regard.

Alors ils changeaient de visage et cherchaient quelque chose d'autre à critiquer.

Le piédestal de la pauvre Mary était dégoûtant et la plaque portant son nom avait verdi comme le fait le vieux cuivre, ce qui était assez beau, bien que les lettres aient été recouvertes de crasse, comme entre les planches d'un parquet. Quelqu'un avait collé son chewing-gum dessus. D'autres avaient gravé des phrases : ROSE AIME LE CRACK et MANGEONS LES RICHES.

Knox avait saisi la cheville de la statue et, en moins d'une minute, il avait escaladé les marches de sa cape de pierre et était assis sur ses épaules. Ce petit gars était un grimpeur-né. J'ai regardé son visage, le soleil filtrant à travers le feuillage, les voitures ralentissant au coin de la place. La pauvre Mary ne bougeait pas : même la lumière dansante ne pouvait la changer. Elle restait exactement la même.

Mab s'est attaquée à un bout de chewing-gum avec la clé de sa maison pour essayer de le déloger.

– Pourquoi les gens font-ils ce genre de choses ? a-t-elle demandé, sourcils froncés. C'est franchement moche.

Knox avait attrapé un papillon. Un vulcain. Il y en avait partout l'été. Je n'arrêtais pas d'en retrouver, plaqués contre les fenêtres ou se desséchant sur la moquette, et je les remettais dehors.

– Regardez ça ! nous a-t-il lancé, tout sourire du haut de son perchoir.

Le papillon ouvrait et refermait ses ailes comme s'il applaudissait lentement sur sa paume grande ouverte.

– C'est parce que tu es salé, a dit Mab.

– Je suis salé ?

– Oui, c'est la sueur. Ils aiment ça.

Knox est resté immobile pour ne pas effrayer le papillon et il l'a observé de près.

Ma grand-mère disait que voir un vulcain était signe de chance. Un message de ceux qui étaient partis, ainsi qu'elle les appelait, et qui revenaient pour un rapide bonjour. Un instant, j'ai imaginé que c'était elle, descendue pour voir comment Knox grandissait. Il ne se souvenait pas d'elle aussi bien que moi. Ils n'avaient pas été aussi proches. Il était si petit quand elle avait commencé à perdre la mémoire. Ils n'avaient tout simplement pas eu assez de temps.

On devait retrouver France à la plage. J'avais hâte de le voir, beaucoup plus hâte que je ne l'aurais dû. Je ne savais pas ce qui se passait entre nous à ce moment-là, mais je savais qu'il y avait quelque chose. Pendant tout ce temps, cela avait poussé sous terre, de manière invisible, et cela commençait juste à sortir, telles les pousses vertes qui apparaissent de nulle part au printemps. Quelque chose qui, pour moi, contenait le même genre d'espoir.

Lorsqu'on est arrivés, il était tard, aux environs de quatre heures, et la plage était bondée. Mab a salué de loin quelques personnes et est allée bavarder avec d'autres. Knox a filé droit vers l'eau. Je le surveillais tout en cherchant France du regard. La mer tissait de la dentelle autour de mes chevilles. Elle écumait et bouillonnait puis se retirait en chuintant. Bientôt, la chaleur de la journée a pratiquement disparu. Des nuages se sont installés et le changement de luminosité, d'abord graduel, est devenu soudain.

Mab s'est approchée et m'a poussée de son pied mouillé.

– Pourquoi est-ce que mon frère est toujours en retard ?

– En retard ? ai-je répondu, faisant semblant de ne pas y accorder d'importance.

– Peut-être qu'il ne va pas venir. Ça serait tout à fait son genre.

– Ouais, peut-être qu'il a oublié, ai-je renchéri, pour jouer le jeu.

Je me faisais une raison. Avant peu, la marée montante viendrait tout effacer. Demain était un autre jour. Chaque seconde, il se passe des choses terribles sur terre et on sait tous qu'une petite déception à la plage n'en fait pas partie.

– C'est lui qui a tout à perdre, a repris Mab.

– Oui, j'imagine.

– Il aura tout perdu, quand je l'aurai tué.

J'ai ri :

– T'en fais toujours des tonnes. C'est pas la peine d'en arriver là.

C'était l'heure du jour où la mer et le ciel sont de la même couleur, d'une couleur qui n'est rien, de sorte que vous aviez l'impression de vivre dans un avant-poste au bord du monde. Knox se jetait dans les rouleaux ; une force invisible le tirait vers le fond puis le recrachait à l'air libre, tout dégoulinant, battant des bras, les doigts écartés comme de petites étoiles aplaties. Il souriait tel un petit requin et roulait des yeux, ballotté par les vagues telle une boîte de hamburger vide, poussant des cris aigus, mais adorant ça.

C'est alors que Mab a repéré France qui courait vers nous le long de l'eau.

– Le voilà ! Il court pour sauver sa peau.

– Désolé, a-t-il articulé.

– C'est pas grave, ai-je répondu. On n'est pas là depuis très longtemps.

Mab m'a regardée, les yeux ronds, puis elle s'est retournée vers lui :

– Si, ça fait des heures qu'on est là. T'es vraiment en retard.

Il s'est plié en deux, les mains posées sur les cuisses.

– Désolé, a-t-il répété. J'ai vraiment couru.

– Tu saignes du nez, a dit Mab.

Il s'est essuyé du dos de la main en cherchant dans ses poches quelque chose à utiliser. Le vent chargé de sable piquait, mordait, et chantonnait. Sa chemise était noire avec des boutons de nacre qui reflétaient la lumière.

Au passage, mon frère pense que France est un personnage de légende, tout droit sorti d'un livre de contes. Peu importe qu'ils se voient souvent, chaque fois c'est un petit garçon émerveillé qui rencontre un géant. Il le regarde de la même manière que l'on regarderait les immenses bateaux qui apparaissent dans la baie, hauts comme des immeubles – avec envie, émerveillement et méfiance. Knox croit véritablement en l'existence des géants, des ogres et des trolls. Ils sont pour lui aussi réels que les roseaux ou les flocons de neige. Que Saturne et le Groenland. Que la gravité et votre propre mère. Il était allongé sur le ventre au bord de l'eau, immobile, le visage à demi immergé, les oreilles telles deux grottes marines, les yeux brûlants, à attendre que France remarque sa présence.

Ce dernier a ramassé un os de seiche et l'a frotté pour en faire tomber le sable. Il portait une bague faite d'une petite cuillère martelée et enroulée sur elle-même comme un animal endormi. On peut commencer par être une chose et en devenir une autre, me suis-je dit. Il y a toujours un moyen. Les gens pensent que l'os de seiche, c'est un coquillage, mais c'est un organe interne flottant incroyablement astucieux, crayeux et léger, tels les flotteurs qu'on utilise pour apprendre à nager. La plupart du temps, la plage en est jonchée. On peut les acheter réduits en poudre, pour nourrir les animaux de compagnie.

– Sors de l'eau, petit poisson, et viens dire bonjour, a dit Mab.

Knox s'est remis debout et il s'est dirigé vers France, les yeux plissés. Ce dernier posait sa main libre en visière pour se protéger les yeux. J'ai suivi le regard de Knox pour comprendre ce qu'il voyait. France avait les mains dans un sale état. De grandes mains charnues, les phalanges comme des créneaux, les paumes à vif et balafrées. J'ai imaginé des cordes brûlantes filant entre ses mains et lui s'accrochant pour sauver sa vie. Knox a vu la même chose, lui aussi. Ses pupilles se sont dilatées tels deux portails, présageant une nouvelle avalanche de questions.

– Qu'est-ce qui t'est arrivé ?

France a refermé les mains et serré les poings.

– Les risques du métier, a-t-il déclaré.

Knox a continué de le regarder fixement, ainsi que le font les petits enfants. Il se tenait sur une jambe, flamant rose tout maigre dans un marais salant. Comme il tremblait, Mab l'a enveloppé dans une serviette.

– Ça veut dire quoi ?

– C'est un danger qui est lié à un travail, ai-je expliqué.

– Comme le roi Harold ?

Mab a éclaté de rire et j'ai répondu :

– En quelque sorte, oui.

La Tapisserie de Bayeux était sa passion du moment et le roi Harold, son personnage favori. Knox dessinait sans relâche ce petit bonhomme harponné en pleine figure et suivi d'un cortège de gouttes de sang qui défilaient comme des fourmis soldats. Il ne pouvait détacher son regard de France. Il voulait voir si ce géant avait déjà participé à une bataille. S'il avait déjà embroché un roi pile dans l'œil. Je le savais, rien qu'à regarder son visage. Du pur émerveillement.

– Quel genre de travail ? a-t-il repris.

– Je travaillais dans notre jardin, a répondu France.

– Mon frère adore se battre avec les arbres du jardin, a expliqué Mab avec un sourire.

– Les gros arbres, a précisé France. Parfois, ils mordent.

– J’ai bientôt cinq ans, a alors déclaré Knox, parce que c’était impressionnant, du moins pour lui.

Il disait à toutes sortes de gens quel âge il allait avoir. Des personnes croisées au hasard dans un magasin ou dans un bus. Cela paraissait important, comme si atteindre cinq ans était un exploit qu’il aurait accompli seul, sans aucune aide.

France s’est penché très bas vers le sol et Knox a écrit avec son doigt, un « 5 » tombé à la renverse, comme évanoui là juste à ses pieds.

Leurs têtes se touchaient presque. Ambre et sable.

Knox a souri.

– Oh, regarde ! s’est exclamé France, d’une voix remplie de surprise.

Nous avons regardé l’os de seiche se mettre à sautiller sur sa paume comme s’il était animé de sa propre vie, comme s’il ne demandait qu’à retourner à l’eau et à nager.

– Qu’est-ce qu’il fait ? a demandé Knox, qui scrutait le creux des mains de France comme il aurait examiné une souris, un serpent ou un lapin au fond d’une cage.

L’os de seiche a fait un bond et lui a touché le nez

– Oh ! il m’a embrassé !

Le plaisir envahissait ses petits bras fins comme des crayons, ses doigts de brindille et ses genoux tout ronds.

– Tu as déjà vu des petites tortues sortir de leur œuf ? lui a demandé France. (Knox a secoué la tête.) Les tortues enterrent leurs œufs dans le sable pour les protéger des prédateurs et du mauvais temps.

Même accroupi, France était encore beaucoup plus grand que Knox. Un rocher solitaire. Il a enfoncé l’os de seiche profondément. Sa main semblait être la racine d'un arbre. Knox avait les lèvres desséchées et salées. Ses yeux brillaient. À moins d'un mètre de nos pieds, le sable a commencé à trembler.

– Puis, quand elles sont prêtes, elles sortent du sable, a poursuivi France, qui ne regardait que Knox, qui lui-même observait l'os de seiche percer la surface avec son nez aveugle, se frayer un chemin plein de détermination, de quelque chose qui ressemblait à la vie, même si ce n'était pas possible, même si nous savions tous ce que c'était. Juste un morceau de poisson mort et rien d'autre. Mab aussi a suivi sa ligne tremblante tout juste née qui parcourait le sable en direction de l'eau.

– Elles savent ce qu'il faut faire, a expliqué France. Elles le savent bien avant de commencer. C'est inné. Instinctif. Des milliers d'années de savoir.

– Des milliers ? a répété Knox, tout bas.

– Et elles nagent. (Arrivé au bord de l'eau, il a continué à avancer, il est entré dans la mer tandis que l'os de seiche plongeait et éclaboussait avec la vie qu'il lui avait donnée.) Je les ai suivies aussi loin que j'ai pu et elles ont continué à nager.

Le visage de Knox était tout illuminé.

– Tu les as vues ? Pour de vrai ?

D'autres os de seiche sont alors remontés à la surface et ont rejoint le premier, flottant en formation sur la peau de la mer. France avait dû en ramasser plein ses poches : c'était la seule explication que je pouvais trouver, mais Knox n'avait pas besoin d'une explication. Il était en présence de la magie. Il tournait en rond sur lui-même, les yeux élargis par la fascination.

– Elles commencent comme ça, a dit France, comme des petites graines, et elles deviennent très grosses.

– Grosses comment ? Aussi grosses qu'Elk ?

– Plus grosses.

– C'est pas possible.

– Dix fois plus lourdes qu'Elk et Mab prises ensemble. Quarante fois plus lourdes que toi. Et elles vivent plus de cent ans.

– Et où elles vont ?

– Elles nagent pendant des milliers de kilomètres. Mais elles reviennent toujours à l'endroit où elles sont nées. Elles pondent de nouveaux œufs, et le cycle recommence.

Knox avait de l'eau jusqu'à la taille, il rayonnait de bonheur et il m'a regardée.

– J'adore cette histoire.

– Ce n'est pas une histoire, Knox, lui a dit Mab. Mon frère connaît plein de choses. C'est cent pour cent vrai.

Knox souriait comme un fou. Il nous a rapporté un crabe minuscule, une pince abîmée et les autres qui s'agitaient encore en l'air.

– Regarde, a-t-il dit à France, puis à moi, avant de le déposer dans la main de France. C'est pour toi.

– Merci.

– Mais il faut le remettre à l'eau. Laisse-le partir ou bien Elk va te gronder très fort.

–Vraiment ?

France souriait mais Knox était sérieux. Il a mis les mains derrière le dos, tel un arbitre de cricket, et il a levé le menton pour répéter :

– Oui, vraiment.

France a enlevé son sweat-shirt.

– Tu ressembles à celui de Market Street, lui a dit Knox.

– Je ressemble à quoi ?

– À celui qui n'a pas de chemise. Celui qui est grand et fort.

– C'est une statue, lui a expliqué Mab en rigolant.

– Oh ! merci. Du moins, je pense, a dit France.

– De rien, a dit Knox, qui tournait le haut du corps de droite à gauche, comme un moulin à poivre.

Le soleil avait presque disparu et la plage qui se vidait était devenue gris foncé dans l'ombre quand nous nous sommes mis à marcher en retournant vers l'endroit d'où France était arrivé en courant le long de l'eau.

Mab et Knox nous précédaient. Elle le tenait par la main. Il faisait deux pas pendant qu'elle en faisait un et, comme d'habitude, ils discutaient de manière ininterrompue. France était si proche que je n'aurais pas pu glisser une feuille de papier entre nous mais nous ne nous touchions pas, pas à ce moment-là. Pas encore tout à fait. La marée montait et les traces de nos pas disparaissaient presque instantanément derrière nous. Le soleil était bas, il nous quittait, il avait presque disparu. C'est le moment de la journée que Mab préfère pour aller se promener Après, car elle peut faire semblant que nous sommes des fantômes toutes les deux, pas seulement elle toute seule. Elle court à reculons le long de la plage, tout excitée, et elle me crie :

Regarde ! Tu es où ? Elk ! Où est-ce que tu es passée ?

Chapitre 14
Feu d'artifice

Deux semaines avant la soirée, j'avais traité France de glouton. C'est ainsi que ça a commencé. Je n'ai pas dit le mot sans raison, et il ne l'a pas pris pour lui. Un goéland avait avalé sa chaussette, c'est ça la vérité, la graine de ce nouvel arbre, de France et de moi.

J'aurais pu souhaiter un mot plus doux, comme miel, ou plus clair, comme ciel, mais non, je l'ai bel et bien traité de glouton. On ne peut rien changer une fois que c'est arrivé, pour aucun d'entre nous, donc on ne peut pas changer cela.

Mab travaillait au café et je tuais le temps sans elle, à la plage. Le sable était tiède. J'ai lu mon livre sans le lire, j'ai regardé mon téléphone sans raison, j'ai bu, je suis allée flotter dans l'eau sans penser à rien. Je suis revenue m'allonger, j'ai fermé les yeux et j'ai essayé pendant un moment de trouver le mot juste pour décrire la couleur que je voyais à travers mes paupières. Je sentais les boutons de ma robe bien alignés comme des petits ronds froids de ma gorge à mes hanches, mes poignets et mes tibias exposés sans défense. L'endroit était indistinctement bruyant. Je devais donner l'impression de dormir mais je n'aurais pas pu être plus réveillée. J'étais cette chose dont parle le poème, le point immobile dans un monde qui tourne. Bref, quelque part il y a toujours une horloge qui avance. Lorsque je me suis redressée, il était là, étendu sur le sable entre moi et l'eau, ce garçon à la silhouette aussi familière qu'une chaîne de montagnes, habillé de noir tel un machiniste au théâtre, calme et sobre. Je savais qu'il partait pour l'université à la fin de l'été mais il était là, étendu comme sur des hectares, sans chaussures, immobile et solide, un roc, comme si le mouvement était quelque chose d'impossible, comme s'il ne pourrait jamais vraiment partir. Il avait les yeux fermés, il paraissait en paix. Tout seul, de la meilleure façon possible.

Je ne l'aurais pas dérangé s'il n'y avait pas eu ce goéland, aussi jeune que stupide. Pas encore d'un blanc lisse et laqué, mais plutôt d'un gris brouillard, les plumes de la couleur d'un ventre de nuage chargé de pluie. Il n'avait pas encore le profil cruel mais presque. Mais c'était clairement ce qu'il allait devenir, car la loi des goélands est sévère. Agir d'abord, réfléchir ensuite – manger/regretter, manger/regretter, manger/regretter. Je l'ai observé s'approcher furtivement derrière France et récupérer la chaussette dans sa chaussure. Il l'a piquée puis presque entièrement avalée avant que celui-ci ne s'en aperçoive. J'ai tout vu se dérouler tandis que France n'a pu que surprendre le bout de la chaussette disparaissant dans son gosier telle une langue de laine noire, le goéland soudain pris d'un accès de doute et de panique. France a émis un son court et guttural inarticulé, et s'est redressé comme s'il se réveillait d'un mauvais rêve. L'oiseau le regardait fixement. Des yeux comme des boutons, le corps agité de soubresauts, dans une expression de déni absolu et de honte incontrôlable.

– Quoi ? a-t-il demandé, d'une voix plus douce que ce à quoi on aurait pu s'attendre étant donné la scène.

J'ai pensé qu'il allait lui foncer dessus comme Goliath, mais il n'en a rien fait. Il s'est contenté de rassembler ses affaires autour de lui en disant tu veux l'autre ? Ce n'est pas possible, elle est à moi.

Et c'est là que j'ai dit :

– Glouton.

Je ne savais pas que j'allais prononcer ce mot avant qu'il ne sorte de ma bouche. Des décisions prises en une milliseconde projettent de grandes ombres, ouvrent leurs ailes tels des albatros tandis que le monde se détourne et continue à tourner.

Il a pivoté vers moi et m'a souri. Il tenait à la main la chaussette orpheline :

– C'est dingue.

Je me souviens du ressac derrière lui, du bruit de la mer puis il a dit « Elk », comme si ça lui faisait plaisir. Comme s'il était content de me voir.

– Bonjour, ai-je dit.

– Ça fait combien de temps que tu es assise ici ?

– Pas très longtemps.

– Ça va me manquer.

– Qu'est-ce qui va te manquer ?

Je sentais le rayonnement de son regard, le grésillement électrique de son attention.

– Cette plage. Ces oiseaux complètement dingues. (Il m'a regardée droit dans les yeux.) Être chez moi.

Le goéland fuyait la scène, gavé jusqu'aux oreilles, courant et volant à demi dans un mouvement désordonné et frénétique. France s'est levé pour le regarder partir.

La plage en ce milieu d'été était bondée et bruyante mais

nous nous sommes fait notre petit espace de calme près du bord de l'eau. Je sentais un sourire monter en moi comme une bulle.

– Qu'est-ce qui va se passer maintenant ? a-t-il demandé.

Il a regardé sa montre, une montre à l'ancienne, de celles qu'on remonte en les secouant.

– Eh bien, tu restes ici et tu surveilles ton autre chaussette.

Le rire de France était toujours une récompense. Il retentissait, sonore et vif, ainsi qu'un feu d'artifice. Dès qu'il avait fini, on voulait le mériter de nouveau.

– Je parlais du goéland, a-t-il expliqué.

– Il a déjà avalé pire, tu le sais bien, ai-je dit en haussant les épaules.

– Quand même, a-t-il poursuivi en m'observant. Je vais m'inquiéter.

Je n'arrivais pas à me rappeler quelle était la dernière fois que je l'avais vu sans Mab. De petites vagues avançaient puis étaient attirées de nouveau en arrière. J'ai détourné le regard avant lui et du pied j'ai dessiné un arc de cercle dans le sable, une parenthèse non fermée qui resterait là, inachevée, jusqu'à ce que la mer décide de l'effacer.

Il l'a regardé en souriant, ce début de phrase. J'aimais être près de lui. Je pense que j'ai toujours aimé ça.

– Où est ma sœur ?

– À son boulot.

– Elle prépare du mauvais café.

J'ai ri, car ce n'était effectivement pas son fort :

– Oui, ou elle discute de la définition exacte du latte macchiato.

– Elle est furieuse contre moi.

– Pourquoi ? Qu'est-ce que tu as cassé cette fois-ci ?

Il a souri.

– Rien.

– Alors quoi ?

Il a jeté une pierre dans l'eau.

– Ça n'a pas d'importance.

Une bande de gamins jouait avec un ballon fluo. Leurs cris se sont interposés brusquement, comme si quelqu'un avait monté le volume.

– Tu es prêt pour l'université ? lui ai-je demandé.

– Pas encore. Je ne crois pas.

– J'imagine qu'il y a plein de choses à faire. Avant de partir. Plein de choses à prévoir.

Il regardait ses mains quand il a dit :

– Est-ce que je vais te manquer ?

– À moi ?

– Oui, Elk. À toi.

– Oh, tu sais…

– Non, je ne sais pas. (Il a souri.)

Jusqu'où pouvais-je être franche ? Mab était ma meilleure amie mais France avait toujours été présent lui aussi. Toujours là lorsque j'allais chez eux. Toujours dans mon esprit, d'une manière ou d'une autre. Il était peut-être temps.

– Oui, bien sûr que tu vas me manquer.

– Vraiment ?

– Oui, France, tu vas me manquer.

Cela me faisait du bien de le lui dire.

– Merci. Ça veut dire beaucoup.

– De rien, ai-je répondu, en fourrant les mains dans mes poches.

Il a ri un peu.

– C'est pour ça que ma sœur est furieuse.

*

* *

Je suis allée nous chercher des glaces. J'avais besoin de cette distraction. Je pense que j'avais besoin de m'éloigner de lui une minute. J'avais un peu le vertige.

À mi-chemin, la meute de loups a attaqué. Maîtres de leur minuscule univers, ils sont arrivés en ligne droite vers moi en traversant la surface lunaire du sable, comme un clan de don Juan. Ils étaient beaux. Ils étaient toujours beaux, tels les membres d'un authentique boys band, mais ça ne remplace pas le sens moral, ou la personnalité. Mab disait qu'elle aurait bien aimé se réveiller un matin dans la peau de l'un d'eux, juste pour une journée, afin de comprendre de l'intérieur ce qu'ils ressentaient. Moi, je me disais qu'à l'intérieur il ne devait y avoir que des touffes d'herbes sèches emportées par le vent, et quelque chose de plus sombre encore, comme une sorte de voracité sournoise.

– Elena ? dit le premier. (Je crois qu'il s'appelait Tom mais ils étaient tous interchangeables à mes yeux.) Ça va bien ?

– Oui, ça va, merci.

– Tu es toute seule ?

– Eh bien, pas vraiment, je réponds, en regardant la plage bondée.

Je cherche à les contourner mais ils se sont déplacés comme un seul homme, comme une meute, un essaim, une ombre, m'entourant et marchant avec moi comme si nous allions quelque part ensemble, car c'est ainsi qu'ils ont décidé que ça se passerait. La réalité n'existe pour ces garçons que parce qu'ils lui en donnent l'autorisation. Imaginez cela, avoir le sentiment de diriger le monde, et s'en tirer en toute impunité.

– Elle est où, ta copine ? demande l'un d'eux.

– Mab, précise un autre, avec une assurance éclatante qui tranche tel un couteau aiguisé.

– À son boulot.

– Jolie, ta robe, dit un troisième, en l'attrapant du bout des doigts.

Il lève la main, et l'ourlet remonte au-dessus de mes genoux. Je lui file une claque sur les doigts.

– Ne fais pas ça.

Il rit tranquillement, d'un air moqueur. Je détourne le visage parce que je suis furieuse et que je ne vais pas leur donner cette occasion supplémentaire de s'amuser.

Rien de nouveau. C'est ainsi qu'ils se comportent avec tout le monde au lycée. Des prédateurs désinvoltes. On apprend à ne pas se retrouver seules avec eux, à ne pas se laisser coincer, comme si c'était notre responsabilité de rester en sécurité, et non pas la leur de ne pas être dangereux. Notre parole contre la leur, et c'est presque toujours notre faute, jusqu'à ce que le monde change, d'une manière ou d'une autre, et que nous n'ayons plus besoin de retenir notre respiration.

Quand je vois France marcher vers nous, je m'éloigne d'eux pour me rapprocher de lui et je détache une de leurs mains de mon poignet.

– Ça va ? me demande-t-il.

– Oui.

La meute se regarde.

– Tout va bien ? leur lance-t-il.

Pas de manière amicale, tout juste poli, et je les vois se dégonfler instantanément devant lui ; leur élégance et leur crânerie s'étiolent, s'éteignent. Ils reculent, font demi-tour. France donne l'impression d'obtenir cela avec tant de facilité.

– Tu es sûre que ça va bien ?

J'acquiesce :

– J'ai l'habitude.

Il n'a pas cessé de les regarder.

– Quel monde merveilleux... Désolé d'avoir remarqué la scène si tard.

– Tu es arrivé pile au bon moment. Restons-en là.

Au cours de ses derniers jours, comme dans un rêve, ma grand-mère regardait les choses et les nommait par leurs couleurs. Un plateau qu'elle aimait était le vert, et son lit, le rose et le blanc. Elle aurait observé les yeux de France et aurait choisi les mots pétrole et vin noir, ombre et entrée de la caverne, soir, aviation, acajou. C'était – c'est – un très beau garçon.

Je lui ai offert sa glace, j'ai insisté :

– Pour m'avoir sauvée, et tout le reste.

Il savait que je n'étais qu'à demi sérieuse. Il s'est composé un visage de héros.

J'étais censée aller retrouver Mab après son job. Elle ne faisait qu'une demi-journée.

– Ne pars pas, a-t-il dit en déployant les bras comme des ailes et en tournant en rond, mi-grand frère de mon amie, mi-Christ de Rio. Reste avec moi.

Je n'ai pas répondu tout de suite, alors il a ajouté :

– N'oublie pas que je viens de me faire voler une chaussette par un goéland. J'aurais bien besoin d'un peu de chance.

– Et cette chance, ce serait quoi ?

– Je te l'ai dit.

– Mais elle m'attend.

– Envoie-lui un SMS.

– Non, je ne ferai pas ça.

Il m'a pris la main une seconde. Je l'ai regardé faire. J'ai regardé nos doigts s'enlacer.

– J'ai l'impression qu'on ne devrait pas faire ça, ai-je dit.

– C'est ce que dit Mab, a-t-il poursuivi, sans lever les yeux.

– Et toi, qu'est-ce que tu en dis ? ai-je demandé.

– Je dis qu'on ne peut pas arrêter la mer.

Tout d'un coup j'ai ressenti tout son courage, toute sa timidité, sur ma peau. Ça m'a complètement déstabilisée.

– On le sentait venir depuis longtemps, a-t-il continué.

– Oui, c'est vrai, je suis d'accord.

– On pourrait discuter de quand ça a commencé.

– Aux urgences ?

– Peut-être avant, a-t-il répondu en m'effleurant la joue.

– C'est là que ça a commencé pour moi.

Un petit nuage est rapidement passé devant le soleil.

– Je peux venir avec toi alors ? a-t-il demandé. Pour aller retrouver Mab.

– Elle ne va pas aimer ça.

– On ne lui demande pas d'aimer ça.

– Il ne peut rien se passer, France.

– Bien sûr. Mais si c'était déjà arrivé ?

Il m'a adressé un grand sourire, s'est levé et a enfilé son sac à dos. Les tendons de son cou, le creux de ses épaules, comme des petits bassins sur un rocher lisse. Ce garçon est un pilier. Ce garçon est un arbre immense. Je ne pourrai jamais penser à lui autrement qu'ainsi.

– Ça fait une raison de plus de t'apprécier, a-t-il repris.

– Quoi ? Le fait que je sois loyale envers ta sœur ?

– Tu es une vraie bonne amie.

– Je l'aime vraiment.

– Je le sais. (La lumière faisait pulser l'horizon sur lequel nous avions tous les deux les yeux fixés.) Mais quand même, j'ai été content de finalement t'avoir pour moi tout seul.

– De finalement quoi ?

– Tu m'as entendu.

Oui, je l'avais entendu. Nous allions être en retard. Mab attendrait. Nous avons remonté la plage ensemble. Trois chaussettes. Quatre baskets. Deux cœurs battants. Je me souviens de la couleur exacte et particulière de ce jour. Il m'a repris la main.

Mon Dieu, me suis-je dit. *Oh, la vache !*

Puis je me suis détournée pour qu'il ne voie pas mon sourire, pour faire face à la mer, face au soleil.

Chapitre 15
Lumière

La soirée de Freya Fisher s'est avérée le genre de soirée où tout fonctionne : une succession de feux verts, les choses qui se mettent naturellement en place. En bref, la soirée parfaite, jusqu'à ce qu'elle ne le soit plus. La musique était suffisamment forte et bonne, il y avait des bières, du mousseux bon marché et du punch fort et collant servi dans des petits gobelets. Certains ont atteint le sommet trop tôt, quelques-uns ont perdu le fil, mais il y avait aussi partout cette impression formidable, et nous pensions tous à ce qui était possible, à ce qui allait arriver ensuite. Il faisait chaud à l'intérieur. Tous les visages étaient brillants. Tous rayonnaient.

Je n'avais pas vu France depuis que nous l'avions laissé dehors dans la cour. J'ai pensé qu'il devait être reparti depuis longtemps. À un moment, je suis sortie prendre l'air dans le jardin par des portes où il était marqué « Ne Pas Utiliser SVP ». Il ne pleuvait plus et, de l'autre côté de la maison, quelqu'un avait allumé un feu qui projetait des ombres folles sur le toit. L'air sentait le caramel et le barbecue. À travers les fenêtres, je voyais Mab me chercher à l'intérieur en se frayant un chemin dans cette robe incroyable. Elle avait le don de faire en sorte que chacun se sente bien, de faire sourire tout le monde. Je me souviens de son propre sourire quand elle m'a vue, qu'elle a fait une grimace et un signe avec les doigts, elle dans le bruit de la soirée, moi dehors dans le calme.

Une heure plus tard, nous étions toutes les deux à l'extérieur et je lui ai montré Bételgeuse, qui s'était mise à briller d'une manière inhabituelle dans le ciel. J'avais lu un article de journal à ce sujet. Une étoile qui se comportait bizarrement et dont personne ne pouvait dire pourquoi.

– Apparemment, elle est en train de mourir, et quand ça arrivera, elle sera si brillante qu'on pourra la voir en plein jour. Elle projettera des ombres, un peu comme le soleil.

– Quand ? a demandé Mab. Bientôt ?

– Plutôt dans des milliers d'années.

Elle a ri.

– Tous ces trucs qui t'intéressent, ça demande bien trop de patience. Tout ce temps planétaire ou ce temps profond, peu importe comment tu l'appelles.

– Je suis patiente. Qu'est-ce que tu veux que je te dise ?

Quelqu'un chantait et quelqu'un riait. Quelqu'un sifflait fort, entre ses dents. J'entendais aussi un chien aboyer au loin. C'était l'endroit idéal pour une soirée. Pas de voisins. Pas de témoins. À l'écart.

Je lui ai expliqué que Bételgeuse venait d'un mot arabe qui signifie « l'épaule du géant ».

– Qui t'a appris ça ?

– Ma grand-mère.

Nous étions dans la cour, à regarder en l'air. Mab souriait. Elle m'a entourée de son bras, un geste qui m'a rendue très heureuse.

– La lumière qu'on voit là est vieille d'environ six cents ans, donc cette étoile pourrait déjà être morte mais on ne le saurait pas encore.

– Et nous, on fait le pied de grue ici. On ne sait rien. On est toujours les dernières au courant.

Chapitre 16

Si

Si je ferme les yeux, je la vois debout, là, dans la nuit noire, des étoiles plein les yeux.

Ou bien nous, en promenade dans la rue principale, un écouteur chacune pour écouter ce podcast dont elle était fan, d'abord sur Rosa Luxemburg, puis quelque chose sur la théorie d'un État féministe. Apparemment, nous avions besoin de faire notre éducation. Les temps changeaient, disait-elle, et pas assez vite. Il fallait qu'on marche toutes proches l'une de l'autre pour ne pas perdre les écouteurs. Je sentais le fil du sien tirer sur le mien quand elle s'éloignait, et du coin de l'œil on aurait dit du chewing-gum étiré.

Je la vois rentrer chez elle avec une seule idée en tête – des nouilles instantanées.

Je la vois debout sur une route sombre, les bras tendus vers moi, parfaite, intacte, avant la fin.

À la fin du trimestre. Des jours avant. Elle était sur les bancs à l'heure du déjeuner, ignorant l'agitation du quotidien et faisant semblant de lire le même livre que moi. Ce livre de physique quantique pour les débutants dont j'essayais de lui parler depuis des semaines. Dès que je l'avais terminé, la première fois, je l'avais repris au début.

– Je n'en ai pas encore fini avec ce livre, lui avais-je dit. Peut-être que je ne m'arrêterai jamais de le lire.

Son propre exemplaire était un grand format relié. J'avais ressenti une brève poussée d'envie, vite étouffée, avant de sortir mon propre exemplaire, un poche bon marché, tout corné et abîmé, que j'aurais dû rendre à la bibliothèque il y avait plus d'un mois.

– Tu lis ce livre ?

– J'essaie, m'avait-elle répondu en levant un sourcil.

– Et alors ?

Elle avait levé les yeux de la page. Des paupières lourdes, de longs cils mais des vrais, pas le genre de fanons de baleine que portaient la moitié des filles de notre classe. Elle avait les yeux d'une belle couleur douce, avec des reflets de fer. Comme un rideau devant un coffre-fort.

– J'adore !

– Sérieux ?

Elle avait hoché la tête et s'était remise à lire. Quand je lui avais demandé où elle en était, je l'avais vue grimacer pour bien insister.

– Chapitre 4. *L'enchevêtrement.* Je pense que ça fait treize fois que je relis la même phrase.

J'allais poursuivre ; j'ai ouvert la bouche mais c'est alors que Mab a refermé le livre d'un coup sec, comme on laisse retomber le couvercle d'un piano.

– Je ne peux pas te mentir, a-t-elle dit.

– À quel sujet ?

– N'importe lequel.

– Oh.

– Je déteste.

– Vraiment ? ai-je dit en éclatant de rire.

– Je n'ai rien compris, a-t-elle déclaré. Littéralement rien compris du tout.

– Ce n'est pas grave. Je n'y comprends rien moi non plus. Même l'auteur n'y comprend rien, et c'est un spécialiste.

– Ça n'a aucun sens.

– Sauf que si, ça a du sens quand même.

– Donc comme ça, tu l'admires, ce spécialiste qui n'y comprend rien ?

– Oui.

Elle souriait.

– Donc, si tu avais un exemplaire dédicacé de son livre, tu serais heureuse et tout ça ?

– Oh, mon Dieu ! Tu n'imagines pas.

Elle m'a tendu son livre.

– C'est pour toi.

Sur la couverture, il y avait le dessin d'une île. Rocheuse, sans le moindre arbre. Simplement prise là dans la tempête.

J'ai voulu dire quelque chose mais Mab m'a interrompue :

– Tais-toi et ouvre-le.

Quelque part dans la cour de récréation, quelqu'un se faisait piquer son sac, quelqu'un se faisait briser le cœur, quelqu'un racontait un secret qu'il n'avait pas le droit de raconter et quelqu'un balançait un ballon dans la figure de quelqu'un d'autre. Et moi j'étais là, à recevoir ce cadeau de la part de Mab, sans aucune raison particulière, cet exemplaire relié et dédicacé de mon livre favori, de la part de Mab.

– T'es sérieuse ? C'est pour de vrai ?

– France m'a aidée, évidemment, mais oui. Bonne fête d'aujourd'hui, espèce de geek.

Si je ferme les yeux, je peux revoir le jour où nous avons pris un bain de minuit en plein jour. C'était tôt le matin et la plage était quasi déserte, sinon je ne l'aurais sans doute jamais fait. C'était peu après la mort de ma grand-mère. Une idée de Mab, et une sorte d'hommage, je suppose. Grand-mère aimait nager toute nue. Cela énervait mes parents, cette phase de sa maladie où elle avait tourné nudiste. Elle n'avait jamais compris pourquoi ils faisaient tant d'histoires :

– Il n'y a rien de mal à cela, ce sont juste des corps, leur avait-elle déclaré.

Papa avait plongé dans un placard pour s'occuper d'une prise électrique, et maman avait dit, pas devant les enfants, s'il te plaît, maman, comme si nous n'avions pas nos propres corps.

Je me souviens d'avoir cherché un bout de papier où noter ses courses et trouvé la liste des sept étapes pour se déshabiller en public, rédigée de son écriture tremblante. Elle se les rappelait toutes parfaitement alors qu'elle ne savait plus tenir son stylo.

Ce jour-là, je lui avais demandé ce qu'il fallait acheter et elle m'avait répondu :

– Oui, Jackie.

– Je ne suis pas Jackie, je suis Elk, la fille de Jackie.

– Elk ? Quel drôle de prénom !

Selon elle, c'était un sentiment extraordinaire qu'être à l'intérieur de son propre corps plutôt qu'en train de le regarder.

– Vraiment ? lui avais-je demandé.

Elle avait pointé son stylo vers le placard où mon père essayait de se faire oublier.

– Tu devrais convaincre ton mari coincé d'essayer.

– Granny, c'est dégoûtant. C'est mon père.

– Non, Jack. Ton père avait un don pour cela. Il se baladait à poil comme un gamin. Ça le faisait mourir de rire.

– Faisons-le pour elle, m'a dit Mab, parce qu'elle savait que je souffrais et que j'avais besoin de faire quelque chose. J'ai toujours voulu faire cela, et puis on ne vit qu'une fois, et ainsi de suite.

Étape 1, selon Granny : se déshabiller et s'allonger sur le ventre. Assez facile.

Étape 2 : se retourner et rester allongé sur le dos, le ventre à l'air. Je me suis sentie vulnérable, trop visible. J'imaginais qu'à tout moment quelqu'un allait nous remarquer. Mab rigolait.

– C'est déjà beaucoup, a-t-elle dit.

Personne ne regardait. Je scrutais le bord de l'eau, à l'affût.

– Jusque-là, personne ne s'intéresse à nous, ai-je dit. C'est aussi bien.

Étape 3 : se redresser. Ce qui n'a pas été aussi terrible que nous le pensions. Une brise venait de la mer et le soleil nous réchauffait le dos.

– J'aime ça, a dit Mab. Là, je me sens bien.

Étape 4 : se lever. Ce que nous avons fait. Mab m'a regardée et elle a éclaté de rire :

– On dirait un suricate.

Elle m'a imitée à la perfection. Cela nous a fait pleurer de rire et nous a donné la force d'atteindre l'étape 5, qui consistait à marcher vers l'eau.

– Mais comme si on était vraiment déterminées, a dit Mab, en s'avançant imperturbable. On fait comme si on s'amusait vraiment.

– Mais oui, on s'amuse. Moi, je m'amuse.

– Je sais. Moi aussi. Elle était extraordinaire, ta grand-mère.

Il commençait à se passer quelque chose de positif. Une fille n'a pas beaucoup d'occasions de se sentir à l'aise en public dans sa propre peau. Et c'est ce qui nous arrivait, d'occuper entièrement notre corps. C'était comme un cadeau.

L'étape 6 était la meilleure. Nager. L'eau me soutenait, fraîche mais pas froide, elle gonflait et redescendait comme si elle respirait et nous en faisions partie. Je sentais le sel de nos rires sur mon visage ainsi que le sel de la mer. Mab flottait sur le dos et recrachait de l'eau telle une baleine puis elle s'est retournée et a plongé, la plante de ses pieds lisse et brillante.

Lorsqu'elle est remontée à la surface, elle m'a demandé :

– Tu es prête ?

– Pour quoi ?

– Pour l'étape 7. Il va falloir COURIR, Elk. COURIR pour sortir de l'eau.

Elle a été plus rapide que moi. Une fois en sécurité, on ne pouvait s'arrêter de crier de triomphe.

– On l'a fait ! a-t-elle déclaré en s'enveloppant dans une serviette. (Nous nous sommes allongées sur le sable face à face. Ses yeux étaient tout proches des miens.) Si tu avais vu ton visage quand tu as couru.

– Je me suis sentie courageuse. Pas toi ?

Elle a eu un grand sourire.

– J'ai adoré ça. Ta grand-mère serait si fière.

Chapitre 17
Dragon

Nous avons quitté la soirée sans savoir que nous nous dirigions droit vers cet instant de l'impact, vers cet instant permanent et inflexible du temps. Parfois, la nuit, je reste parfaitement immobile et je réfléchis à la façon dont nous aurions pu l'éviter. Ce que nous aurions pu faire différemment. Tant de petits détails.

Mab était furax. C'est pour ça que nous étions à pied, parce qu'elle avait refusé de rentrer en voiture avec France. Je marchais derrière elle et j'essayais de la rattraper.

– Je venais juste de te le dire, a-t-elle articulé, en laissant un blanc entre les mots, comme si elle n'avait pas la patience de les prononcer. Je venais littéralement de te le dire.

– Et moi, je ne voulais même pas venir à cette soirée.

– Alors pourquoi tu es venue ?

– Parce que je ne voulais pas te laisser tomber.

Ça la fait rire, d'un rire mauvais. Elle en avait le droit.

– Eh bien, tu t'es plantée, Elk. Tu t'es complètement plantée.

Voici comment ça s'est passé.

Après Bételgeuse, Mab est retournée à l'intérieur pour danser. Je contemplais le feu de joie quand France est arrivé près de moi.

– Je croyais que tu étais reparti, lui ai-je dit.

Ses yeux brillaient comme le feu et il m'a dit, bonsoir, et j'ai adoré la façon dont il a prononcé ce mot, comme si nous étions seuls. Alors je lui ai donné un baiser. Sur la bouche, mais doucement, sans bruit. Avant même d'avoir pu réfléchir. Avant d'avoir pu décider que ce serait mal.

Et quand ça a été fait, il a dit :

– Ça fait un moment que je voulais que tu fasses cela.

– J'aimerais beaucoup recommencer.

Il s'est mis à rire :

– J'espère bien.

Lorsque nous nous sommes embrassés une seconde fois, j'ai su pourquoi Mab n'aimerait pas cela. J'ai su pourquoi elle avait raison. Moi et France, nous aurions pu nous retrouver seuls au monde et cela ne m'aurait pas dérangée. J'aurais été parfaitement heureuse.

J'aime à penser qu'il y aurait eu une bonne manière de le lui annoncer. Je sais qu'elle aurait été plus qu'heureuse pour nous, si nous avions fait les choses correctement. Mais cela n'a pas été le cas. Cela ne s'est pas passé ainsi.

J'ai eu conscience, je suppose, qu'une porte s'ouvrait derrière nous, que les sons de l'intérieur enflaient puis s'étouffaient brusquement quand elle a claqué. J'en ai eu conscience, mais cela n'avait pas d'importance car, à ce moment-là, plus rien ne comptait.

– Tu te fiches de moi ? ai-je entendu Mab lancer.

Nous nous sommes retournés vers elle au même moment et elle a continué :

– Qu'est-ce qui se passe ?

– Salut, sœurette, lui a dit France, avec un sourire.

– Pas de ça avec moi.

– Mab… ai-je voulu dire.

Elle m'a regardée comme si j'étais une parfaite inconnue.

– Tu m'as menti. (C'était moi qu'elle pointait du doigt, pas son frère.) Tu es une menteuse.

France a levé la main pour l'arrêter mais elle l'a ignoré, se contentant de le repousser.

– Oui, ai-je reconnu. Je suppose que je suis une menteuse.

– Comment as-tu pu faire ça ? Alors que je t'avais demandé de ne pas le faire ?

– C'est vrai ? a dit France, furieux. Mab ? Qu'est-ce que tu viens de dire ?

Mab avait les mains sur les hanches. Elle respirait fort par le nez comme un étalon et elle avait l'air de vouloir se jeter sur moi.

– Je suis désolée, ai-je dit.

– Ne le sois pas, a rétorqué France.

Mab s'est mise à rire, ainsi qu'on rit à quelque chose qui n'a rien de drôle.

– Regardez-vous, tous les deux, a-t-elle craché, la voix pleine de rage. Comme c'est beau ! Comme c'est chouette pour vous !

Nous restions sans bouger. J'entendais France respirer.

– Et quand ça va mal tourner ? poursuivait-elle. Quand vous ne voudrez plus vous adresser la parole, je serai où, moi ? Où est-ce que tout ça va me mener ?

– Tu es égoïste, a dit France.

– Et c'est une mauvaise chose ? Je n'ai pas le droit de penser à moi ?

J'ai répété que j'étais désolée. Elle s'est contentée de me jeter un regard noir et de dire qu'elle voulait rentrer.

– Je vais te raccompagner, a dit France.

– Non, merci. Raccompagne ta copine. Moi, ça va. Je vais marcher.

Un nerf tressautait au coin de l'œil de France comme une lumière qui s'allume et s'éteint. Il était tard. Il faisait très froid. Mab s'entêtait. Elle en faisait un point d'honneur.

Un si petit drame dans le grand ordre naturel des choses. Rien de durable. Sauf pour ce qui allait arriver.

– Je vais y aller avec elle, ai-je dit.

Elle s'est détournée de moi, a serré et ouvert les poings puis, avec une politesse glaciale, elle a lancé par-dessus son épaule :

– Non, merci. Je préférerais être seule.

Elle s'est mise en route et France a juré tout bas. Il a pris le bout de mes doigts dans ses mains, c'est à peine s'ils se touchaient.

– Je suis désolée, ai-je dit pour la troisième fois.

– Non, arrête de dire ça. Ne le sois pas.

– Je vais aller lui parler. Elle va aller mieux. Tout va s'arranger.

J'ai essayé de me dégager mais il a retenu mes mains.

– Elk ?

– Oui ?

Son visage était tout proche du mien. Je me souviens avoir pensé que c'était comme être chez soi, en sécurité. Il a souri et dit :

– Ça en vaudra la peine.

– À plus tard.

Je l'ai embrassé et je suis partie.

J'ai suivi Mab et je suis repartie sur la route à travers le bois. Elle parlait, j'écoutais. Elle avait oublié son manteau. Elle fumait une de ces stupides roulées et les mots sortaient de sa bouche avec de grands nuages de fumée, comme un dragon qui se prépare à cracher du feu.

– Quand est-ce que tu as décidé de faire ça ? Quand est-ce que tu t'es dit que c'était OK ? Est-ce que tu sais à quel point je me suis sentie stupide ? Tu es une menteuse, Elk. Qui es-tu d'ailleurs, vraiment ? Depuis combien de temps ça dure ? Et quelles sont les autres choses que tu ne m'as pas dites ? Il y a des lignes à ne pas franchir, Elk. C'est tout simple. On ne peut pas contrôler ce qu'on ressent, ça, je le sais. Mais on peut contrôler ce que l'on fait et tu aurais pu te retenir, et tu aurais pu me le dire. Pourquoi tu as fait ça ? Comment y as-tu même pensé ? Elle est où, ta loyauté ? Bon sang, Elk, je n'arrive pas à y croire. Je t'aime et tu es ma meilleure amie mais tu me dois vraiment une explication, là, tout de suite.

Elle épuisait sa rage à mesure qu'elle parlait. Je savais que ça se passerait ainsi. Je la sentais se calmer peu à peu. J'ai demandé :

– Est-ce que je peux dire quelque chose maintenant ?

– Non, je ne te le permets pas.

– Est-ce que je peux au moins t'expliquer certaines choses ?

– Non.

La route était détrempée et boueuse. Mab trébuchait sans cesse sur des trucs et elle s'est arrêtée pour enlever ses chaussures en grommelant :

– Et en plus, elles sont fichues.

– Mab…

Elle a levé la main pour me couper.

– Je ne veux pas que tu te mettes à parler parce que tu vas me bassiner avec des trucs abracadabrants comme l'enchevêtrement, et la façon dont tout est connecté, et que 2, c'est en réalité vraiment toujours égal à 3, et comment tout ce machin se passe à un niveau subatomique et que, d'une manière ou d'une autre, ça excuse le fait que tu sortes avec mon frère. Dans mon dos !

Je me suis sentie soulagée qu'elle se radoucisse. J'essayais de ne pas sourire de ce qu'elle disait.

– Je ne vais rien de dire de tout ça.

– Non, parce que je l'ai dit à ta place.

– Ton frère et moi…

– Argh ! Ah, non… vraiment !

– Oui, vraiment, Mab.

– Et alors ?

– Je n'avais pas besoin de te le dire. Pas vraiment. Tu le savais de toute façon. Tu l'as su avant moi.

– Bon sang, Elk. (Elle a posé sa main sur mon bras, je me suis arrêtée et je me suis tournée vers elle.) Quand tes meilleurs amis rencontrent des gens qui deviennent encore plus leurs meilleurs amis, ils te laissent tomber.

– Je ne ferai jamais cela.

– Ouais, tu l'as dit.

– Je ne le ferai jamais.

– Simplement… mon Dieu… s'il te plaît… Ne l'aime pas mieux que moi. Ne me laisse pas tomber.

Elle était si proche. J'ai regardé ses épaules s'affaisser un peu. Ses cheveux sentaient la lavande et la fumée.

– Je ne vais pas arrêter, ai-je dit. Je ne pense pas que je le pourrais. Mais je suis désolée.

– Je sais, a-t-elle dit, la tête baissée, sa fureur passée. Moi aussi.

– Je peux te serrer dans mes bras ?

Elle a ouvert les bras en grand et a penché la tête d'un côté. Un petit sourire a commencé juste au coin de sa bouche. J'ai su que tout irait bien.

Chapitre 18
Chants d'oiseaux

Il y a un versant de cet instant. Et l'autre. Avant. Après.

J'en rêve depuis que c'est arrivé. Même pendant que ça se déroulait, ça avait le côté fiévreux d'un rêve. Tout d'abord, il y a le bruit et l'impact. Soudain. Je le sens à travers le sol comme un ébranlement, une détonation profonde, de la dynamite au fond d'une mine. Je suis seule, j'essaie de la rejoindre et le son que je fais au fond de ma propre gorge est celui d'un animal, qui dit tout.

Je me vois, accroupie au-dessus du corps de Mab, le regard qu'elle me jette, et le gémissement, tel un chant de baleine, un lapin frappé, quelque chose de primitif, de terrifié, de sauvage. Des bulles de sang sortent de ses narines, sa bouche en est toute brillante sous la lune comme si elle dégorgeait du pétrole. J'essaie de m'agripper à elle mais elle est glissante, son hurlement est assourdissant, puis soudain c'est le silence.

Ça s'arrête.

Mab s'arrête.

Mais elle est là aussi, cette autre Mab, debout à côté de moi, qui essuie de ses mains le sang qui lui recouvre le visage.

Tout en ce moment est si choquant, si irréel, que je ne me pose même pas de questions. C'est ainsi.

Oh, mon Dieu, dit-elle, *c'est moi, ça ?*

Je lève les yeux vers elle. Ma respiration entre et sort de mes poumons comme du béton, du gravier, comme le crissement des pneus et le grincement déchirant des freins, et je crois que je lui réponds oui, mais peut-être que je ne dis rien du tout.

C'est arrivé de nulle part. Où est-il ? Tout ce sang, c'est le mien ?

Ma main est posée sur son cou. Elle est sur le sol, le corps tordu à angles aigus, les yeux vides. Elle est allongée là et elle est aussi à quelques centimètres de mon oreille et, d'une certaine manière, nulle part. Je l'entends parler mais elle ne parle pas. Elle ne bouge absolument pas.

Nous sommes à un tournant de la route, dans le bois, cette petite étendue de fourrés et de pins que l'on met deux minutes à traverser à pied et trente secondes en voiture et qui nous a enfermées là, à l'intérieur d'elle-même, pour toujours. Il est presque 3 heures du matin. 2 heures 37 précisément. Je ne sais pas comment je le sais. J'ai dû regarder ma montre.

Mab tremble et sanglote, et elle est immobile et silencieuse comme les pierres, les arbres et la route. Sa robe est déchirée de la hanche à l'ourlet. Elle essaie de refermer la déchirure pour se couvrir sans y parvenir, alors je me penche sur son corps et je rapproche les deux pans de tissu et elle chuchote : *Qu'est-ce qui se passe, Elk ? Qu'est-ce qui se passe ?*

Je me rappelle, sous mes pieds, la route où nous marchions et les bruits calmes de la forêt, tout en bruissements et craquements. À la fin de notre dispute, quand elle a tendu les bras pour me serrer sur son cœur, il y a eu cet ébranlement, ce bruit sourd et profond et je me demande ce que cela a bien pu être. Je pense à un sous-marin, à un séisme, à un site de tests secrets souterrains ; et je suis sûre d'avoir crié son prénom mais elle ne me répond pas, rien ne me répond. C'est la racine carrée du silence. La plante de ses pieds est noire, couverte de feuilles et de gravillons qui se sont collés dessus. Je ne le sais que parce que, soudain, je suis dans une autre vie, je les regarde, retournés sur le bas-côté tel le ventre pâle de poissons morts.

J'ai dû enlever mon manteau car je vois que je ne le porte plus et qu'il la recouvre. Je tremble et j'essaie de me rappeler où est mon téléphone, de me rappeler comment faire. Je ne sens pas mes doigts, qui sont froids eux aussi, un lourd matériau articulé. Des mains de marionnette. Je suis une marionnette, et Mab est vide, et le bruit qui sort de nous deux est celui que font les os sur les os, le métal sur le métal. C'est la mort.

Remets-moi en marche, dit-elle. *Ramène-moi, viens me chercher.*

Elle se tient au-dessus de moi, au-dessus de son propre corps. Mes mains sont couvertes de sang et son crâne a une forme différente et, au-dessus de moi, elle n'arrête pas de le toucher à l'endroit où il a été enfoncé.

Je vais m'évanouir, dit-elle mais elle ne s'évanouit pas. Elle reste juste là, debout, tremblante et ensanglantée, tandis que j'essaie de ne pas exploser, de contrôler ma voix d'animal sauvage.

Les choses de cette nuit me reviennent par morceaux. Je ne peux pas en donner un tableau complet, pas d'un seul coup, même pas pour moi-même. Il y a des sons – moteur en marche, craquement de bois, choc sourd sur la chair – puis cet énorme silence, et Mab qui ne respire pas, les arbres qui se plient et s'écrasent et l'appel suppliant d'une chouette. Ce bruit que je fais dans ma gorge quand je la vois au-dessus de moi et allongée sur le sol. Les phares d'une voiture qui disparaissent, soulevant les branches qui sortent un instant de l'obscurité le long de la courbe de la route avant de disparaître. Ce à quoi j'ai échappé n'a tenu qu'à un fil, un fil si fin que je devrais être capable de tendre la main et de revenir en arrière. De voir la voiture et d'empêcher ce qui est arrivé. D'empêcher la voiture de s'enfuir.

Mab est allongée sur le sol et elle est aussi debout, à bredouiller *Une voiture noire. Une grosse voiture noire. Un phare cassé. Des rétros brillants.* Elle ne fait que répéter en boucle *Une voiture noire. Une grosse voiture noire. Un phare cassé,* silencieusement, ses lèvres laissant tomber les mots ainsi qu'un filet d'eau qui ruisselle sur des pierres.

J'entends de l'eau quelque part. Et le vent dans les arbres et le bruit des voitures à quelques rues seulement d'ici dans l'autre monde, le monde d'avant, qui ne sait pas et qui n'est pas détruit, et qui ne nous a pas encore rattrapées.

Je vois le gyrophare de l'ambulance et les arbres successivement éclairés de bleu puis noirs. Mab hurle comme une sirène, une banshee*, un loup. Puis elle se redresse sur le bas-côté, elle reste à l'écart. Elle regarde les infirmiers descendre et poser les mains sur nous, sortir leur équipement et nous, sur la route.

La voiture de France s'arrête au barrage dans un crissement de frein. Un policier lui parle quand il en sort.

– Mab ? Elk ?

Puis il nous voit. Je l'appelle.

– C'est ma sœur, ma… Elk ? (Le bras qu'il tend pour nous

* Une *banshee* est une créature féminine surnaturelle de la mythologie celtique irlandaise, considérée comme une magicienne ou une messagère de l'au-delà.

désigner tremble. Sa voix s'effondre.) Laissez-moi passer. J'étais avec elles. Laissez-moi passer. Je vous en supplie.

Mais elles ne le font pas. Ils ne veulent pas.

Je suis au milieu d'un océan noir et même là, dans l'œil du cyclone, je remarque des choses. La couverture nocturne du ciel commence à s'amincir et à s'éclaircir. L'appel du rouge-gorge est rejoint par les chants de la grive et du merle, du roitelet, de l'accenteur mouchet et du moineau, jusqu'à ce que leur bavardage devienne généralisé. C'est ma grand-mère qui m'a appris le nom des oiseaux quand j'étais petite, quand rien de grave n'était encore jamais arrivé.

France vomit sur le côté de la route.

Je suis un tremblement de terre. Je suis creuse. Je suis du bruit blanc.

*

* *

Le chœur de l'aube témoigne de bien des choses. Les cendres de la soirée, le feu de joie endormi qui doit être en train de mourir. Les relents désagréables de caoutchouc brûlé, et le sang poisseux étalé comme de la laque sur la route. Ma voix desséchée lorsque son corps est soulevé avant le mien tel un sac trop lourd et glissé dans l'ambulance, un pied couleur ventre de poisson sortant de dessous la couverture, et son visage, la façon dont elle ne me regarde pas lorsqu'ils referment les portes sur nous, quand je les entends se dire l'un à l'autre, Elle est partie.

Chapitre 19
Eau

Elk, me dit sa voix dans mon sommeil et je tourne la tête et je la vois toute proche, toute brisée et abîmée. Je ne sais pas où je suis. Chaque clignement de paupière est une vague qui s'écrase, alors je ne cille pas. Je reste allongée, j'attends que tout s'arrête.

Elk ! répète-t-elle d'une voix plus pressante, plus insistante, et les vagues s'écrasent de nouveau puis la terre ferme est là et je prends pied, je suis réveillée.

Mab est là, respirant et ne respirant pas. J'écoute de toutes mes forces mais son corps n'est que silence. J'entends mes poumons, épuisés, mon cœur qui bat trop fort dans la pièce. Je suis ma gorge douloureuse, ma bouche sèche, ma langue cotonneuse. Je sais qu'elle est morte et que c'est son fantôme, mais elle ne m'effraie pas. Pas plus là, maintenant, que jamais. Comment pourrais-je avoir peur d'elle ? C'est Mab. Ma voix est un vinyle rayé déformé par du larsen. Et tout ce que je peux lui dire, c'est que je suis désolée, désolée.

Arrête avec ça, me dit-elle. (Elle ne comprend pas.) *Il faut qu'on se reprenne. Où sommes-nous ?*

Son œil gauche est horriblement injecté de sang, les veines éclatées comme de la lave en fusion. Son œil droit reste fermé, les paupières si enflées qu'on dirait un gant de boxe. Elle inspire et expire en longs souffles lents, et je ne les sens pas. J'espère que les rideaux vont peut-être se balancer un peu, que cela pourrait faire vaciller et s'envoler de petits bouts de papier.

– Tu as une mine épouvantable, lui dis-je.

Toi non plus, t'as pas l'air d'aller très bien.

Elle essaie de me toucher mais sa main transperce la surface de ma peau. Ses doigts en apesanteur pénètrent dans ma joue.

C'est quoi, ça? demande-t-elle, en refaisant le geste. *Elk, qu'est-ce qui se passe ? Tu es morte ?*

Je ne dis rien.

Pourquoi est-ce que je ne peux pas te toucher ?

– Tu n'es pas ici. Pas vraiment.

Qu'est-ce que tu racontes ? Bien sûr que si.

Je revois de nouveau cette marée montante de meurtrissures la recouvrir, la peau ouverte jusqu'aux os. La Terre tourne, le monde pivote sur lui-même et soudain je ressens la vitesse de ce tourbillon. Cela n'est pas possible, cela ne peut pas être possible.

– Oh, mon Dieu, Mab, tu t'es vue ?

Ma robe est déchirée, dit-elle, comme si c'était le pire aspect de la situation. *Je vais devoir la recoudre.*

– Il n'y a pas que ta robe. Il y a bien plus que ça.

Je regarde mes mains, le devant de mon corps, mes pieds nus. Je ne suis pas blessée. Je ne saigne même pas. La panique me reprend telle une nausée.

Elle me regarde fixement, son front léger comme une aile touchant presque, mais à peine, le mien. Je déglutis, la bouche encore pleine de salive. Dans un instant, je vais me mettre à vomir.

Qu'est-ce qui s'est passé ?

– La voiture t'a percutée.

Ah bon ? Je n'ai pas entendu de voiture arriver.

– Moi non plus. Moi non plus.

Et elle m'a percutée ?

Je la regarde commencer à se souvenir. C'est la chose la plus déchirante qui soit.

Je n'ai jamais rien vu d'aussi près. Ça a bloqué toute la lumière.

– Ce n'était pas de la lumière.

Il y avait la lune.

– Oui. Et Bételgeuse, aussi.

Et on marchait.

– Oui.

Et quoi d'autre ?

– Tes chaussures te faisaient mal aux pieds. On avait froid aux mains.

Quoi d'autre, Elk ?

– Tu étais en colère.

Elle acquiesce, *c'est vrai, contre toi et contre France.*

– Ça n'a plus d'importance maintenant, n'est-ce pas? Plus aucune importance.

Je ne le trouve pas, France. Et toi ?

– Tiens bon. Il arrive. Il était juste là. Il n'en a pas pour longtemps.

Je suis convaincue par ce que je dis, mais pour le moment, il n'y a aucun signe de lui ni de personne d'autre. Mab essaie de me serrer dans ses bras. Le sang qui la recouvre est si neuf. Son crâne brille comme s'il était couvert de peinture. Elle ferme les yeux. Paupières de papier, frémissantes, ailes de papillon de nuit, et quand elle les rouvre elle me regarde sans voir. Son regard me transperce et se fixe au loin.

Les arbres. Elle parle comme si elle était distraite par quelque chose à l'horizon. *Est-ce que je suis morte ?*

J'essaie de la toucher avant de répondre mais elle n'est pas là. Il n'y a rien à toucher.

– Oui, je le crois. Je crois que tu es morte.

Ses yeux se remplissent de larmes.

Vraiment morte ?

– J'ai vu ce qui s'est passé. Je t'ai vue partir.

Pourquoi est-ce que ça fait mal alors ? Si je n'ai pas de corps ?

Je ne sais pas comment l'expliquer. Je ne sais pas quoi dire.

Et toi ? reprend-elle. *Tu es quoi, Elk ?*

Une seconde durant, avant de lui dire, il n'y a rien. Juste un trou noir qui avale la matière et annule tout. Mes doigts sont engourdis. J'ai mal à la tête. Je me sens coupée de tout, mais c'est un effet du choc. J'ai déjà été en état de choc, je crois.

Je ne dis rien de tout cela à Mab. Je lui dis juste, je suis toujours en vie.

Une nouvelle réalité s'infiltre telle une inondation. Les bruits du monde palpitent et se remettent à résonner, comme d'habitude. La circulation du matin, inconsciente de ce qui se passe, commence à s'intensifier. Je vois des murs, j'entends des bruits provenant de la pièce d'à côté, de grands mugissements. Quelqu'un qui jure. Quelqu'un qui pleure. Une voix qui lit les éléments d'une liste.

Ensemble, mais pas ensemble, par la fenêtre, nous observons les détails d'un jour sans défaut. Le ciel tapissé de bleu, plus profond aux bords. Les arbres, les bras levés. Le soleil déjà haut, or rose sur les toits, brille et se brise sur le miroir de la mer.

Comment vas-tu vivre sans moi ? me demande-t-elle à voix basse.

Je ne lui réponds pas. Je pense que je vais devoir être forte, résiliente, héroïque. Je pense que je vais être incapable de le supporter.

Chapitre 20
Sifflet à ultrason

J'essaie de parler aux ambulanciers du fantôme de Mab mais ils sont trop occupés à soigner son corps pour m'entendre. Je le dis aussi à maman et à papa dès que je les vois, mais maman, les bras serrés contre elle, écoute le médecin ; et papa, blanc comme un linge, parle de choc, comme si c'était la conclusion de la conversation et non le début, quelque chose dans lequel on entre, tel le labyrinthe ou ce bois, et dont on ne sortira jamais.

J'ai mal à la tête, dit Mab, et je leur crie :

–Vous voyez ! dis-je. Elle parle. Vous êtes sûrs que ne vous l'entendez pas ? Elle est ici ! Elle a mal à la tête. Vous pouvez l'aider ? Vous l'avez certainement entendu !

Ils me traitent comme si je rêvais. Comme si je délirais. Ou les deux. Ils se jettent un coup d'œil au-dessus de moi, puis l'infirmière me donne sans doute quelque chose, ou alors je perds connaissance, parce qu'une sensation plane, toute noire aux limites de mon champ de vision, puis m'assomme complètement.

Lorsque je me réveille, à la maison, je ne sais pas très bien si c'est le jour ou la nuit, mais cela n'a pas beaucoup d'importance parce que les jeux semblent être faits. La maison est si silencieuse qu'elle paraît abandonnée. Comme si nous étions une famille de fantômes. Maman entre dans ma chambre. Sans frapper. Elle se glisse à l'intérieur et se déplace silencieusement. Sur des œufs. Elle ne dit même pas un mot. Elle touche mon oreiller une fois pour vérifier que je vais bien, se penche pour regarder puis se redresse et quitte la pièce.

Elle ne voit pas Mab allongée à côté de moi. Je sais déjà qu'elle ne me croira jamais si je lui parle de ça.

Nous sommes encore plus privés de sommeil qu'au moment de la naissance de mon frère. Les bouches sont fermées, les regards, brûlants. Chacun essaie de se rappeler dans quelle direction il va, de se frayer un chemin. En bas, Knox fonce en tous sens telle une mouche, seul, se heurtant aux portes aux fenêtres comme s'il voulait sortir, de plus en plus sous pression. Je le trouve dans la cuisine ou, plutôt, au milieu d'une épave de cuisine. Saleté et vaisselle pas faite. Des mouches minuscules sur des fruits pourris. Ça ne fait que quelques jours, quelques semaines, mais on pourrait croire des décennies. Avant, Après. Nous avons changé et ce n'est plus la même maison. Knox renfermé, redevenu sauvage et mutique, attaque en piqué le chat du voisin. Les bras écartés, il s'incline comme un avion de chasse qui vire tandis que le chat reste là à le regarder, blasé, impassible, cillant avec dédain. Mais lorsqu'il aperçoit Mab, il bondit et s'échappe par la fenêtre en un éclair.

Tu as vu cela ? me demande-t-elle.

– Je pense qu'il t'a vue, je lui réponds.

Je pourrais le pourchasser, dit-elle en le regardant s'enfuir à grands bonds jusqu'au bout du jardin, la queue ébouriffée tel un roseau. Puis il se retourne et se cache sous la haie, les yeux affolés.

– Dis-lui merci, accepte cette offrande, lui dis-je. C'est la preuve que tu existes.

Knox est en pyjama, le regard égaré, le visage rouge, sale et fiévreux. Je me demande s'il comprend véritablement que Mab est partie et qu'elle ne reviendra pas. Je sais que moi, je n'y arrive pas. Je voudrais savoir s'il peut comme moi ressentir une trace d'elle, mais il est impossible de discuter de cela avec lui maintenant. À la place, je lui demande s'il a mangé. Ce Knox nouvelle version a l'air à moitié mort de faim et il a besoin qu'on l'aide de manière concrète.

Le plan de travail est un Jackson Pollock. Mab examine les indices. *De la pâte à tartiner au chocolat,* dit-elle. *Quelques morceaux de sucre.*

– Bon Dieu, Knox! je m'exclame. (Il imite un bruit de sirène comme pour dire, pas de gros mots.) Je vais te préparer quelque chose.

Je cherche une fourchette propre, je n'en trouve que des sales, encrassées de restes de nourriture desséchée. Mab est debout sur le plan de travail. Elle me domine telle une ombre. Elle nous domine tous les deux. L'espace d'un instant, je suis sûre que Knox va dire quelque chose mais non. Il continue à piloter son avion de chasse, à exécuter les visages serrés de sa bataille aérienne, à mener seul sa guerre de petit garçon.

Papa entre dans la cuisine sans but précis, étrangement dépourvu d'intention. Il voit la pagaille mais cela ne le fait pas réagir. Il ne touche à rien. Il met la bouilloire à chauffer. Maman descend l'escalier et sort dehors à pas lents. Elle est en robe de chambre, pieds nus, les cheveux encore mouillés de la douche. Je la regarde marcher entre les arbres du fond du jardin. L'herbe est argentée dans la lumière matinale.

Ses pas courent telles des fourmis progressant au hasard et sans fin, se dispersant comme elles devant un obstacle, perdant complètement le fil. Elle se tient les coudes, voûtée, creuse comme le matelas de camping percé sur lequel nous avons dormi une nuit dans le jardin, recroquevillée comme les cloportes morts que Knox trouve au bord du tapis.

Knox effectue un atterrissage d'urgence sur la table et se laisse tomber sur sa chaise. Il prend un verre d'eau et l'avale d'un trait. Pendant qu'il boit, ses yeux s'ouvrent largement et il émet un bruit, un gémissement aigu, un sifflement, une sorte de bourdonnement ténu.

Mab se met les doigts dans les oreilles. *Aïe !*

– Knox ! lui lance papa, comme un avertissement.

Il s'arrête quelques secondes puis recommence.

– Je suis un sifflet à ultrason humain, déclare-t-il.

Il porte son sweat-shirt avec des dinosaures souriants.

Je me représente les chiens dans un rayon de dix kilomètres, le poil hérissé, qui déchiffrent son message.

– Qu'est-ce que tu essaies de leur dire ? je lui demande.

Son regard est bleu comme la mer et très direct. J'aimerais plonger dans ses yeux.

– Viens ici ! zozote-t-il de sa voix enrouée. (Pendant un instant, je pense qu'il me parle à moi et j'esquisse presque un mouvement.) Je veux que chaque chien vienne ici.

Oh là là ! frémit Mab.

J'embrasse Knox sur la joue. Il se penche davantage sur le

côté vers moi en souriant. Puis il recommence son bourdonnement.

– Arrête, fiston, dit papa.

Il m'étripe les oreilles, renchérit Mab.

Je fais le compte des chiens que nous connaissons. Comment faire pour tous les rassembler dehors ?

Julie, une amie de maman, est dog-sitteuse. Les jours fastes, elle en a douze. Je l'ai vue au parc, avec douze toutous, leurs laisses emmêlées comme un plat de spaghetti. Tout ce que je veux pour l'instant, c'est faire plaisir à Knox. Comme si des chiens pouvaient convenir. Je me surprends à me demander si douze serait un nombre suffisant.

Maman rentre et accepte une tasse de thé. Elle s'assied, attrape la main de Knox pour l'attirer et l'envelopper dans ses bras, le serrer contre elle. Avec douceur, elle lui tient le menton entre le pouce et l'index et le regarde ramasser un par un des grains de riz soufflé sur la table. Juste pour une fois, j'aurais envie que ce soit moi qu'elle regarde ainsi et pas mon frère, mais je suppose qu'il ne faut pas qu'elle le sache. Et, si elle essayait, je lui dirais probablement d'arrêter ou je l'enverrais promener. Je suis imprévisible ces jours-ci, une vraie boule de contradictions, mais j'imagine que j'ai une excuse. Maman caresse Knox et son alliance brille sur sa main.

D'un coup je pense à quelque chose :

– Aucun d'eux ne m'a demandé comment j'allais, dis-je à Mab.

Elle m'examine : je n'ai pas fait ma toilette, je n'ai pas mangé. Je dors mais c'est comme si je n'avais pas dormi. Je suis un chantier de démolition. La vie est un boulet de démolition.

Ils le savent sans avoir besoin de demander, dit-elle.

– Ce qui ne veut pas dire qu'ils ne devraient pas le faire.

Elle me sourit *c'est vrai. Tu as raison.*

– Nous devrions aller voir la famille de Mab, dit maman.

– Tu crois vraiment ? réplique papa.

– C'était sa meilleure amie.

– Mais nous les connaissons à peine.

– Ça ne fait rien. Il faut leur témoigner notre soutien.

Je les interromps :

– Est-ce qu'on pourrait ne pas parler de ça tout de suite ?

– Plus tard, Jackie, si ça te va, reprend papa.

– Est-ce que tu en parles avec quelqu'un ? demande maman.

– Pas vraiment, dis-je. (Ce qui est un mensonge parce que j'en parle à volonté avec Mab, à chaque fois qu'elle le veut.)

Papa va remettre quelque chose dans le réfrigérateur, bouche close tel un coffre-fort, comme lorsque maman veut commencer une discussion et qu'il ne veut pas, et ce faisant il traverse Mab. Cette dernière se fragmente et se réassemble. Cela me donne le vertige.

– Je pense juste que nous ne devrions pas mettre cela sous cloche, dit maman.

Comme si ce que nous ressentions pouvait être mis sous cloche.

– Je ne mets rien sous cloche, maman, lui dis-je.

– Tu as raison, dit papa.

– C'est ce que tu fais, pourtant, lui lance-t-elle. Mettre tout ça sous cloche.

– Impossible, dis-je.

Mab pousse un soupir en l'entendant :

C'est la mer, je sais. La mer tout entière.

Papa se remplit un verre au robinet. Maman le regarde fixement puis détourne les yeux la première. Elle est fâchée contre moi, je le sens. Je n'arrive pas à croire qu'elle me fasse ça aujourd'hui.

– Que veux-tu que je te dise ? je lui demande.

Elle se contente de tambouriner des doigts sur la table, comme si, maintenant que j'avais posé une question, elle pouvait mettre fin à la conversation.

Dans l'évier, l'eau est sale et graisseuse. Papa y plonge les mains et repêche une poignée de couverts. Je vois les côtés du visage de maman, les rides autour de ses yeux et de sa bouche, les boucles d'oreilles en argent que je lui ai achetées, il y a des années. J'avais économisé pendant des semaines.

Mab presse les mains sur ses yeux. Je sens l'espace entre moi et tout le reste s'ouvrir de nouveau, la grande cassure dont on ne peut pas parler.

– Si tu le dis, Jackie, articule papa. Mais en parler ne la fera pas revenir.

Mab se dirige vers le bas de l'escalier, le visage transparent dans la lumière du jour, le regard mort de faim.

Viens avec moi, me dit-elle. *Tu as l'air épuisée. Tu as absolument besoin de sommeil.*

– Je viens de dormir.

Oui, mais tu n'as pas dormi.

Je me sens soudain si fatiguée que je sais qu'elle doit avoir raison.

– Je retourne me coucher, dis-je.

Personne ne s'y oppose car nous sommes tous différents

maintenant et toutes les règles ont changé. Je n'ai pas encore quitté la cuisine que j'entends maman dire :

– Qu'est-ce qu'il leur est passé par la tête, de marcher ainsi au milieu de la route ? Et lui, à quoi pensait-il quand il les a laissées partir ?

Papa intervient :

– Laisse, Jackie, ce n'était pas leur faute.

– Je suis tellement en colère, poursuit-elle.

Moi aussi, je suis en colère, contre elle. Je suis soudain envahie de fureur et je lui lance :

– Ouais, ça m'aide beaucoup, ça, maman. Dis que c'est notre faute. La faute de France. C'est parfait. Je ne sais pas ce que je ferais sans ton soutien, honnêtement. Ça compte tellement pour moi.

Papa ouvre la bouche mais je ne veux plus rien entendre :

– Pas la peine de la défendre. Ne t'embête pas avec ça. Tu arrives bien trop tard.

Quand je me retourne, la cuisine est un paysage désertique balayé par le vent. Le silence est total.

Mab a déjà monté la moitié de l'escalier.

Viens, me dit-elle. *Laisse tomber. Monte.*

Je la rejoins et je les laisse, papa devant sa montagne sans fin de vaisselle sale, maman soufflant doucement sur son thé. Fin de la conversation pour le moment. Personne ne parle. Le sujet est clos, accès bouclé comme la scène de crime. On peut regarder, mais rien toucher.

Knox s'étire et se cambre. Les dinosaures souriants s'agitent. Il reprend son bourdonnement aigu et je m'imagine tous les chiens du monde hurlant, inconsolables, devant leur écuelle.

Chapitre 21
Restes

J'étais petite quand ma grand-mère m'a raconté l'histoire du *Mary Celeste.* Un bateau abandonné, intacte mais vide, le canot de sauvetage disparu, l'équipage jamais retrouvé. Le triangle des Bermudes, une sorte d'immense portail qui donnait accès à un autre monde. L'*Octavius*, qui avait dérivé pendant treize ans en haute mer. Nous aimions les mystères non résolus. Jusqu'à ce qu'elle-même en devienne un.

Viens avec moi, me dit Mab, qui veut rentrer chez elle.

Cela me terrifie. Ici, c'est déjà suffisamment dur, mais chez elle, ce sera l'épicentre de tout, l'œil du cyclone de notre chagrin. Je revois le visage de France la nuit où c'est arrivé. France, qui essaie de nous rejoindre et que l'on retient. Et ce qu'il a vu. On ne peut pas s'en remettre. Je suis bien placée pour le savoir.

– Tu es certaine que tu es prête pour cela ?

Bien sûr que non. Je ne serai jamais prête. Allons-y.

Quand Granny est morte, les gens traversaient la rue pour venir nous parler. Ils essayaient de trouver les mots justes et n'y arrivaient pas, parce qu'il n'y a pas de mots justes, on ne peut que se taire. Cette fois-ci, je relève ma capuche et je garde la tête baissée. Je fais en sorte de ne croiser le regard d'aucun être vivant. Personne ne traverse la rue pour me dire ce qu'il faut au sujet de Mab. Je me dis que c'est une victoire.

Il faut se montrer reconnaissant pour les petits bonheurs, ainsi que le disait ma grand-mère.

Nous nous préparons à ce que nous allons trouver, mais pour rien. Lorsque nous arrivons, il n'y a personne. Si ma maison est un dépotoir, celle de Mab est un vaisseau fantôme. La mienne est un poids mort, la sienne une enveloppe, une coquille vide. Il y a des traces d'eux partout – des tasses de café à moitié bues, un miroir couvert de buée dans la salle de bains, des restes emballés dans le réfrigérateur. À chaque fois que nous entrons dans une pièce, ils viennent de la quitter. Comme si nous les en avions chassés.

Le tableau jamais fini de moi et de Mab est posé sur son chevalet. Dessus, Mab se penche pour me dire quelque chose à l'oreille. Cela me fait sourire, ces innombrables choses qu'elle avait l'habitude de me chuchoter. La façon dont parfois j'avais du mal à tendre l'oreille et à rester immobile. Nous avons tellement d'âges différents dans ce portrait. De la première fois, à onze ans, jusqu'à il y a quelques semaines. Il a changé et grandi avec nous. Maintenant, je suppose que ça s'arrête.

Il y a d'autres tableaux de Mab ici. Sur celui qui surplombe la cheminée, elle est assise sur une chaise et serre contre elle un livre fermé. Elle est sur le point de se renverser sur le dossier et de se détendre, presque pour toujours mais pas complètement. Elle a ce regard calme que je lui ai souvent vu mais elle paraît aussi affamée, et un peu effrayée, comme si elle préférait être nourrie qu'être mangée.

Sur celui du haut de l'escalier, elle porte une robe noire à manches longues dont les poignets acérés coupent le dos de ses mains. Ses doigts sont couleur d'os, de plomb et d'ombre. Elle vous regarde droit dans les yeux lorsque vous montez vers elle, et l'angle de sa mâchoire est une lame de couteau aussi. J'ai du mal à regarder ce tableau, à cause du moment où je l'ai mise en colère. Cet unique moment. Il y en a encore un autre dans la chambre de ses parents, faiblement éclairé, de ce vert tendre que prend la surface de l'eau quand on la regarde par en dessous. Mab et France sur deux chaises, celle de Mab légèrement basculée, lui la main tendue. Aucun d'entre d'eux, me dis-je, ne peut plus dormir sous ce portrait désormais.

Je ne peux pas leur reprocher d'avoir quitté les lieux. Je pourrais partir, moi aussi, au lieu de rester dans cette maison qui est pleine du fait qu'elle n'y est pas. Avec le fantôme de Mab à mes côtés, je sais que je suis bénie.

Je le leur dirai, si je peux les trouver, mais je ne sais pas s'ils me croiront, ni même si cela les aiderait s'ils me croyaient. La maison paraît vide et creuse. Rien n'y vit sauf une guêpe qui se jette indéfiniment contre le carreau d'une fenêtre.

La définition même de la folie, dit Mab.

– De quoi tu parles ?

Essayer toujours la même chose et espérer que le résultat sera différent.

Un instant, je pense qu'elle parle de la guêpe jusqu'à ce qu'elle dise, *ils sont partis quelque part sans moi. Je suis morte à leurs yeux. C'est pour cela que je ne peux pas revenir.*

Chapitre 22
Alphabet

Presque immédiatement, il semble que la vie veuille tout simplement continuer partout ailleurs. Comme une insulte. Parce qu'elle le doit, j'imagine. Parce que c'est ce que fait la vie, même si c'est insupportable. Il y a encore trop de circulation dans la rue principale. Encore des touristes, et du beau temps, et des sorties en boîte, et des bateaux pas plus grands que les Lego de Knox au loin dans la baie.

Maman continue d'allumer la radio le matin, ce qui remplit la maison, à chaque fois que sonne l'heure, de crues subites et de réfugiés, de verdicts et d'élections, de sportifs et d'hommes de pouvoir – toute la pression d'un monde qui avance, habitué à des destructions massives.

– Enfin, Elk, dit le journaliste. Ça arrive partout. Arrête avec ça, reprends-toi.

Mais je ne peux pas. Je suis une mouche prise dans de l'ambre, une marque de pas dans le ciment. Je me réveille le matin et je n'ai aucune idée de pourquoi le ciel s'embête à être de nouveau bleu, pourquoi il y a de l'air, pourquoi je l'inspire et l'expire aussi facilement.

Maman jongle entre ses horaires de travail, Knox et le

diplôme qu'elle prépare à mi-temps. Elle parle au téléphone avec sa sœur toutes les cinq minutes, de tout et de rien, elle pleure beaucoup, accuse la ménopause. Rien n'a changé. Papa se lève et part travailler, puis il rentre et lit des livres dans son fauteuil. Le week-end, il arrose le jardin. Certains vendredis, il va au pub. À l'école, Knox apprend que les Russes ont envoyé un chien tout seul dans l'espace. Il est indigné.

– Maintenant, tu sais ce que je ressens d'avoir laissé Mab partir, lui dis-je.

Je vois maman me lancer un regard qui signifie «Tout ne tourne pas autour de ce qui t'arrive» et j'ai envie de lui hurler de toutes mes forces «Si, maman, tout tourne autour de cela».

Je sais déjà qu'ils ne peuvent pas la voir. Ils ne le pourront jamais. Cela fait des semaines que Mab est chez nous, notre invitée invisible. Elle se déplace à travers les objets ou les contourne, telle la fumée; elle se pelotonne sur le canapé, ce qui dérange le chat du voisin.

L'atmosphère est comme avant le tonnerre et après l'éclair. Chacun compte les secondes, chacun retient sa respiration. Pendant les repas, Mab nous observe avec des yeux de chat errant, morte de faim, son bras gauche pendant ainsi qu'une aile brisée, une tache sombre de sang sur la poitrine.

Auparavant, le matin, papa préparait des pancakes et des omelettes, mais le niveau se dégrade nettement. Il n'y a plus que le genre de nourriture qu'il critique, empilée au milieu de la table, et c'est à nous de nous servir. Je n'ai envie de rien.

Quel goût ça a? demande Mab en désignant un paquet de céréales.

– Je n'en mange pas. Je n'ai pas faim.

Ça me manque, la nourriture.

– Ça, c'est pas de la nourriture. C'est un truc ultra transformé et postapocalyptique. Le chef cuisinier a perdu les pédales.

Knox tient sa cuillère comme s'il nettoyait une piscine avec et personne ne lui dit d'arrêter. Il en est encore à apprendre comment tenir ses couverts, mais il connaît déjà une morte.

Il est persuadé que, dans le passé, il a été d'autres personnes. Subitement, il est lui-même et aussi, avant cela, il a été cette longue succession d'autres personnes qui font la queue dans sa tête, désireuses de parler d'elles-mêmes. Apparemment, il y a un monde fou là-dedans. Il faut qu'il en laisse sortir quelques-unes.

Mab, impressionnée, pousse un sifflement. *C'est à cause de nous, tout cela ?* et je réponds, peut-être.

Sourcils levés, Knox regarde papa par-dessus son bol de céréales où sa cuillère s'agite comme une pelleteuse.

– En 1536, j'étais Bati, déclare-t-il. La femme d'un grand général. On est allés en Éthiopie. Mon mari voulait répandre la bonne parole.

J'adore ça !

– Ton mari ? demande papa.

Les yeux écarquillés, Knox prend un air sérieux :

– J'étais une femme. J'ai été une femme des tas de fois.

Ça devrait faire de lui un homme bien, déclare Mab. *Rien à ajouter.*

Les doigts dans le pot, Knox touille le sucre. Maman lève la main pour qu'il arrête.

– Et ne parle pas la bouche pleine, ajoute-t-elle.

Je demande :

–Vraiment ? C'est ce que tu as compris ? C'est ce que tu as retenu de tout ça ?

Maman se recule pour regarder Knox, elle fronce les sourcils.

– Tout ce que je veux entendre, dit-elle à Knox, ce sont tes céréales qui clapotent dans le lait.

Papa s'interpose :

– Tu as affaire à une princesse âgée de six cents ans. Tu pourrais faire preuve d'un peu de respect, Jackie.

Maman sourit si rarement ces jours-ci que, l'espace d'un instant, c'est comme si la cuisine semblait se détendre. La maison elle-même relâche son souffle. Papa pose sa main sur la nuque de maman et la caresse. Maman pose sa main sur celle de Knox, qui tient parfaitement dessous.

– Chéri, lui dit-elle, tu es un petit garçon de cinq ans.

Mab regarde fixement les grains de sucre sur la table comme s'il s'agissait d'étoiles dans le ciel et murmure, *pour le moment du moins.*

– Et d'où tu la sors, cette princesse Bati, d'ailleurs ? reprend maman. Tu as cherché sur Google ?

Knox n'a pas le droit d'aller sur internet sans chaperon. Il cligne des yeux et déglutit.

– Tu aurais pu me demander, lui dis-je.

Ses yeux ont les couleurs de l'eau. Reflets en surface, profondeurs paisibles. On pourrait y nager.

– Je me demande où elle est, dit-il. Je me demande qui est là, quelque part.

Maman enlève sa main.

– De quoi tu parles, fiston ? interroge papa.

– En quoi est-ce qu'elle est revenue, Bati ? précise Knox. Elle est qui ? Et qui est Bati, maintenant ?

Excellente question, dit Mab en se redressant.

Et moi, je m'adresse à Knox :

– Tu veux dire, est-ce qu'elle est revenue en scarabée bousier ? ou en un âne de la plage ?

Charmant, dit Mab. *Les ânes de la plage, ça me donne le cafard.*

– Un scarabée, dit-il. Un pingouin.

– D'accord, dis-je à Mab. Un tigre blanc. Une baleine bleue. Qu'est-ce que tu veux être ?

Mab réfléchit à ma question. Maman commence à débarrasser.

– C'est quoi ton problème ? je lui lance. C'est sans danger. (Elle lève les yeux au ciel.) Est-ce que cela ne nous fait pas du bien d'en parler ? Est-ce que ce n'est pas une partie de notre vie ?

– Laisse tomber, dit papa.

À l'unisson, maman et moi répondons « non ».

– C'est ma meilleure amie, dis-je. Il a le droit de parler d'elle.

Papa ne fait rien. Il se contente de regarder son petit-déjeuner immangeable. Un bon moment familial étalé dans la poussière. Je continue :

– Maman n'a pas à nous dire comment faire.

Personne ne discute, mais personne ne me répond. Mab nous regarde tous.

Je veux être moi, s'il vous plaît, dit-elle.

– Si seulement.

C'est vraiment ce que je veux.

– Moi, je t'écoute.

Si j'avais droit à un autre tour, je lui ferais honneur. Je ferais en sorte de le vivre, c'est tout.

Knox n'a pas fini :

– Je ne suis pas encore mort cette fois-ci, mais la prochaine fois, je veux être un panda ou un pangolin.

– Arrête avec ça, dit maman, devant la cuisinière.

Je demande à Knox :

– Tu récites tout l'alphabet ou quoi ? Tu as un dictionnaire des animaux sous la table ?

– Pas maintenant, dit maman en direction de la hotte, personne ne l'écoutant. S'il vous plaît, pas aujourd'hui.

Knox fredonne un petit air sans mélodie. Il me regarde à travers la carafe d'eau.

– Je ne suis pas ici. Je suis un requin dans un aquarium.

Papa se lève et lui pose la main sur la tête en passant. Knox a les cheveux doux, de la couleur de l'orge et du sable mouillé. La main de papa ressemble à un reptile, à une racine d'arbre. Le corps humain est une chose ridiculement variée.

– Qu'est-ce que tu crois que ça lui fait ? demande maman, le regard dur.

– Ça ne le fait pas souffrir, dis-je.

– Ça le fait souffrir.

Papa s'interpose pour absorber une partie des coups. Je voudrais qu'il me regarde et qu'il laisse son ballon de baudruche s'envoler mais il ne le fait pas. Le dos tourné, il prend maman dans les bras.

– Il fait des cauchemars, gémit-elle, le visage contre son épaule.

À cause de moi ? demande Mab.

– Nous faisons tous des cauchemars, murmure papa.

Je regarde Mab dans les yeux :

– À cause de moi.

Chapitre 23
Dépotoir

Une voiture, ainsi qu'ils le disent dans les journaux ou à la télévision. Une voiture. Comme s'il n'y avait eu personne au volant.

L'endroit exact de l'accident se couvre rapidement de bougies et de cartes, de bouquets dont l'emballage en cellophane continue de crépiter dans le vent qui fouette les arbres bien après que les fleurs elles-mêmes sont mortes. Il y a un embouteillage, une petite foule, des têtes baissées, des voix basses, et tout ce bric-à-brac sincère qu'ont acheté ces gens.

Des magnets de frigo sur une blessure, dit Mab. *Un dépotoir.*

Tout reste là, défraîchi et terne sous les feuilles moisies, le long de cette petite portion de route peu fréquentée, hors de la ville, dans cet endroit sans soleil et sans vie.

Je me demande si ton téléphone est là, dit Mab.

– Je m'en fiche.

Je ne peux pas imaginer utiliser un téléphone de nouveau.

Le jour de l'enterrement baigne dans l'atmosphère épouvantable et fuyante d'un mauvais rêve. Chaque atome de l'univers ment et je ne cesse de penser que, d'un moment à l'autre, nous allons toutes les deux nous réveiller dans le lit de Mab et ne ressentir que du soulagement.

Mab m'accompagne à pied jusqu'au cimetière. Je vois la ligne dure de sa mâchoire sous la peau.

Nous n'allons pas pleurer, dit-elle. *Nous n'allons rien ressentir. Contente-toi de sourire, comme si le vent avait tourné.*

– Les gens vont penser que je suis complètement déjantée.

C'est le cas. Tu es hantée. Et de toute façon, tu peux faire ce que tu veux.

Donc nous sommes assises là, les yeux secs, l'air digne, elle et moi. Sur le fil du rasoir, nos larmes tout juste retenues.

La foule est ridiculement nombreuse. Les gens s'alignent dans les rues comme si Mab était une célébrité. Elle est à côté de moi, le sang toujours frais coulant sur son visage, les yeux gonflés de meurtrissures. Elle est la seule personne à ne pas porter du noir à des kilomètres à la ronde.

*Waouh ! Regarde-moi ça. J'*étais *vraiment quelqu'un.*

Je ne peux pas regarder le cercueil qui la contient.

– Tu es quelqu'un. Tu l'es vraiment.

J'ai perdu toute raison de parler et personne ne me force à le faire. Au moins, tout le monde me laisse cet espace. Je suis assise avec Mab sur le banc du fond de l'église. J'ai mal au cœur et la tête me tourne comme après un choc, j'écoute et j'espère qu'il y a une vie après la mort, une vie potable, et j'espère commencer à y croire, pour elle. Je me dis qu'un dieu serait utile, qu'on pourrait même y croire, parce qu'il n'y a littéralement plus rien d'autre à espérer.

Nos parents sont tous les quatre au premier rang. C'est la première fois que Mab réussit à les voir et elle retient son souffle, immobile, mais elle ne s'effondre pas. Parfois ce sont les choses brisées qui font tenir le monde. C'est dans nos faiblesses que nous sommes forts. Mab est ainsi maintenant et je l'admire pour cela, plus que quiconque. Papa a le regard d'un insomniaque, maman fait de la charpie avec son mouchoir en papier. Knox, les cheveux bien coiffés, tient un paquet de bonbons et fait de son mieux pour rester assis sans bouger. Toute cette croissance encore en réserve dans ses os, dans ses petites mains robustes et affairées.

Les parents de Mab sont étonnamment calmes et distants, comme s'ils avaient enfermé leurs véritables sentiments derrière une porte en verre dont l'ouverture déclencherait un vacarme assourdissant – tonnerre et éclair, onde supersonique, rugissement d'un dragon.

– Ils sont tellement silencieux, dis-je. Je ne les ai jamais vus ainsi.

Des zombies.

– C'est la douleur.

C'est les médocs sur ordonnance, Elk. C'est à ça que ça ressemble.

À un moment, ma mère et celle de Mab se tiennent la main. Je crois que c'est la mienne qui a esquissé le geste mais je n'arrive pas à me le rappeler. Dans ma tête, j'ai essayé les deux possibilités qui semblent à la fois justes et complètement fausses, presque impensables.

Sérieux ! dit Mab. *Ils n'avaient pratiquement rien à se dire dans la vraie vie.*

– C'est la vraie vie. Que tu le croies ou pas.

Le plus dur à regarder, c'est France.

Le voilà, dit Mab.

À cet instant, elle pourrait être la sainte patronne de l'espérance, brisée et ensanglantée, avec cette lumière qui n'a pas encore disparu dans le regard.

Il entre, tête baissée, et parcourt une longue allée de murmures : « C'est lui, c'est le frère et le petit ami. C'est lui qui était censé les ramener à la maison. »

Fais-le venir vers moi, me dit Mab. *Attire son attention.*

Mais je ne le peux pas. Et il ne le fera pas. Il ne voit rien.

Oh ! Regarde dans quel état il est. Va l'aider, Elk, je t'en prie, va l'aider.

– Pas ici, lui dis-je.

Elle ne discute pas, parce qu'elle s'en rend compte d'elle-même.

Le poids de la situation est trop lourd pour lui. France est une étoile qui s'effondre.

C'est Mab qui me sauve. Une fois de plus. *C'est horrible. On sort d'ici, Elk ? On peut s'en aller ?*

Nous quittons l'église le plus silencieusement possible, une fille et son fantôme. Personne ne fait vraiment attention à nous. France tourne la tête et me regarde. Une seconde sur Terre, deux cents millions d'années dans un coin perdu de l'univers. Je veux faire demi-tour mais il est trop tard pour cela. France cligne des yeux. Mab est déjà partie.

La cérémonie se déroule dans un silence parfaitement réglé pour que personne ne puisse s'effondrer mais, à l'extérieur, le monde hurle comme s'il avait faim, je ne sais absolument pas de quoi.

De sang, bien entendu, répond Mab.

– Comme s'il n'en avait pas déjà eu assez du tien.

Pas du mien, idiote, ils en sont déjà ivres morts.

– De qui alors ?

Le monde veut que quelqu'un paie pour ce qu'il a fait. (Je sens toutes les consonnes dans sa bouche quand elle dit cela, qui se heurtent sur sa langue à demi sectionnée.) *Celui qui était au volant.*

– Ma mère parle beaucoup de justice. Mais je ne sais pas à quoi ça ressemble, la justice.

Je me repasse en mémoire la route sombre, les phares apparaissant au tournant, les branches des arbres éclairées par en dessous. Je veux revenir en arrière, voir ce qui était caché derrière le tournant, trouver des détails. Dans les escaliers roulants, les trains et les rues bondées, dans les files d'attente, les foules, les spectateurs, et dans mes propres rêves, je regarde tout autour de moi en pensant : est-ce vous ? est-ce vous ? ou vous ? Et toujours ce sentiment, fin comme un fil, que nous aurions pu éviter ce moment. Que nous avons raté de peu le conducteur, ou que nous aurions pu stopper l'événement. Il s'en est fallu d'une fraction de seconde, mais cette fraction s'est figée dans du béton, elle a tout pétrifié.

– Parfois j'ai envie de tuer le conducteur, dis-je. Parfois je ne sens plus le bout de mes doigts tellement je le déteste.

Je ne tiens pas vraiment à la vengeance, dit Mab, *ni même à la punition. Ça, c'est pour les vivants. Ça ne me concerne pas. Ce qui m'importe le plus, ce sont les choses que nous avions planifiées et que nous rêvions de faire. Tous ces trucs que nous étions sur le point de faire, que nous aurions dû faire.*

Elle observe sa peau, brisée comme du verre. Elle se tient face à la lumière.

J'ai pitié du conducteur, dit-elle en se curant les ongles, dont le vernis blanc comme du lait s'écaille tel l'angle du mur de notre cuisine, là où il y a une fuite d'eau. *Parce qu'il sait ce qu'il a fait.*

– Et s'il ne le savait pas ? S'il pensait qu'il avait heurté un chevreuil ou une souche ou autre chose ?

On était au milieu de la route. Il ne peut pas ne pas nous avoir vues.

– Mais il ne compte pas se rendre au commissariat, n'est-ce pas ? Il ne se dénoncera pas.

Elle hausse les épaules. *Il ne paiera pas pour ça. Pas comme ça. Pas publiquement. Ça n'arrivera pas.*

– Et en quoi cela peut-il être juste ?

Ce n'est pas juste. Les gens font des choses mauvaises tout le temps.

– Et ils s'en tirent comme ça ?

Le monde est ainsi fait, Elk. Tu le sais très bien.

– Alors pourquoi tu as pitié d'eux, s'ils s'en tirent ?

Elle inspire lentement, un souffle rauque crissant tels des ongles sur sa cage thoracique, les ailes osseuses de ses épaules, le cou aussi frêle qu'une tige de fleur.

Parce que s'en tirer, ça n'existe pas.

Chapitre 24
Monsieur Loyal

Knox fait irruption dans ma chambre comme au bon vieux temps où il venait se cacher sous le lit tout contre le mur. Il attendait des siècles que je le trouve. Il restait parfaitement immobile et silencieux, tel un tapis roulé.

Parfois, je savais qu'il se cachait uniquement parce qu'il éternuait, se mettait à glousser ou qu'il bâillait. Parfois maman me prévenait rapidement pendant que je montais l'escalier :

– Tu as un passager clandestin, disait-elle. Ça reste entre nous.

Quand ma grand-mère est morte et que cela m'a rendue si triste, il ne s'est pas donné la peine de se cacher. Il s'est allongé sur le lit, sa tête à côté de la mienne sur l'oreiller, et a passé ses bras autour de mon cou. Je ne suis pas sûre qu'il savait ce qu'était la mort, ni que c'était permanent. Il était plus curieux qu'autre chose.

– Je n'aime pas ça, m'a-t-il soufflé dans le cou.

– Moi non plus.

– Elle est partie où, Granny ? Elle est où ?

J'ai réfléchi à ma réponse avant de parler. Knox, c'est une éponge. Si on lui dit quelque chose, il l'absorbe et après il a du mal à l'oublier.

– Je pense qu'elle est partout, ai-je répondu. Elle est toujours.

Il est resté silencieux puis il a repris :

– Qu'est-ce que ça veut dire ?

– Eh bien, peut-être qu'il y a un morceau d'elle dans les choses dont nous nous souvenons. Et si elle nous a pris dans ses bras quand nous étions bébés, quelque part sur la ligne du temps, elle nous a toujours dans ses bras en ce moment.

– C'est quoi la ligne du temps ?

– Je ne sais pas, Knox.

– Je ne comprends pas ce que tu dis.

– Moi non plus.

– Tu es bizarre.

Puis il a tracé des dessins sur mon dos et m'a fait deviner ce qu'il dessinait : une voiture, un bateau, un cheval, un avion. Toujours un moyen de transport, comme s'il ne pensait à rien d'autre qu'à s'en aller.

– Elle me manque, dis-je.

– Mais elle est partout, tu dis. Dis-lui bonjour. (Il a désigné la fenêtre, l'oreiller et les livres empilés sur mon bureau.) Bonjour. Bonjour, bonjour, bonjour.

Après Mab, il dit exactement la même chose. Je suis assise sur la moquette, Mab est recroquevillée au pied du lit.

– Bonjour, dit-il. Où que tu sois. Comment ça va ? C'est bien là-bas ? Est-ce que c'est plein de choses sympas comme du soleil et nager dans la mer ?

Maman l'appelle d'en bas. Il se lève et lance :

– Je reviens. On va faire un gâteau.

Mab traîne dans ma chambre ainsi qu'elle le faisait quand

elle était en vie. Je pense qu'elle a dû trouver son enterrement épuisant. Elle ne veut aller nulle part aujourd'hui.

Tout me fait mal, dit-elle. *Et je suis fatiguée.*

– Repose-toi alors.

J'aimerais savoir ce que je fais toujours ici.

– Je ne sais pas, Mab. Tu me hantes.

Si je suis morte, je préférerais en finir.

– Vraiment ?

Elle n'a pas l'air d'aller bien. Ses yeux sont fixés sur moi et elle ne cille pas, son visage commence à se couvrir de taches, ses lèvres fendillées se relâchent.

J'ai fait un rêve. Il y avait un char et tu étais dedans. Et tout le monde regardait. (Elle se secoue comme si elle se débarrassait de toiles d'araignée.) *Trois, c'est le nombre qu'on trouve dans les contes.* (Ses yeux sont des billes qui reflètent la lumière, tels ceux des animaux sauvages la nuit.) *Des cochons, des ours et des sorcières. Des rois, des épreuves, des filles et des fils.*

– De quoi tu parles, Mab ? (Son visage est vitreux, absent.) Est-ce que ça va ? Ça ne va pas ?

J'aurais pu être une conteuse, dit-elle en s'affaissant sur le sol. *Je commençais à ne pas être mauvaise.*

– Il y a quelque chose qui ne va pas aujourd'hui, dis-je, au moment où sa tête arrive au niveau de la mienne. On dirait que tu as de la fièvre ou quelque chose.

De la fièvre ? Comment ce serait possible ?

– Je ne suis pas responsable de ce qui est possible.

Non, ça va. J'ai juste soif. Honnêtement, je pourrais tuer pour un verre d'eau. (Elle tend les mains, paumes vers le haut, vides.) *Je vais m'allonger. Peut-être faire la sieste.*

Elle s'étend de tout son long. Ses mains sont à côté de mes chevilles et ses pieds disparaissent sous ma chaise. Ses contusions sont particulièrement profondes au milieu, telles des nappes d'eau, tel un ciel clair. Ses mains sont des poings. Ça doit la faire souffrir de les serrer ainsi. Son front est couvert de sueur. Sa lèvre supérieure aussi.

Un bruit provient du rez-de-chaussée, comme si quelqu'un avait fait tomber un plateau mais en plus bruyant. On entend un véhicule reculer, ou peut-être est-ce une alarme. Cela semble urgent. Je me lève pour regarder par la fenêtre. Mab est en nage. Elle soupire. Les poches sous ses yeux sont plus foncées, ses os saillent, proéminents sous la peau.

Je ne peux pas continuer à faire ça éternellement, Elk. Je ne peux rien toucher. Je ne peux rien atteindre. Même cette petite chambre, c'est comme le bout de l'arc-en-ciel pour moi.

Je descends au rez-de-chaussée sans elle. Maman est dans la cuisine avec Knox.

Je ne lui dis pas que Mab ne va pas bien, ni rien d'autre. Je sais que ça ne sert à rien. Je dis simplement, elle est encore là-haut, et Knox regarde autour de lui pendant que maman se lave les mains sous le robinet et boit un peu d'eau. J'imagine qu'elle ne supporte pas que je parle du fantôme de Mab. Elle frotte soigneusement le plan de travail bien qu'il soit déjà très propre. Elle prend son temps pour plier un torchon, comme si c'était une priorité. Je serre les dents.

Une fois que ma mère a enfourné le gâteau, je remonte dans ma chambre. Elle est toujours en bazar, exactement dans l'état où je l'ai quittée pour aller chez Mab avant la soirée, mais maman me laisse tranquille à ce sujet, pour des raisons évidentes.

Amnistie pour la vaisselle et le linge sale pendant le deuil, dit Mab.

– Le bon côté de la situation.

Mab se tient debout au centre de la chambre, ainsi que le faisait Granny quand elle oubliait ce qu'elle était en train de faire.

Je vois les contours de son corps à travers le tissu de sa robe. Ses jambes sont beaucoup plus maigres maintenant, les meurtrissures s'étalent comme sur une carte. Elle demande :

Tu te souviens de cette scène dans Ghost, *quand le personnage fait léviter la pièce de monnaie ?*

– Oui.

Cela fait des heures que je regarde cette stupide pièce de cinquante cents.

– Je déteste ce film.

Pas de chance.

Knox ouvre la porte et rentre avec une part de gâteau sur une assiette. Il touche mes affaires comme il l'a toujours fait, comme un petit garçon dans un musée. Il pose l'assiette près de moi. Maman monte l'escalier après lui mais ne dit rien. Elle reste sur le seuil. Si je ne savais pas ce qui se passe, je dirais qu'elle a peur que Mab lui saute dessus. Mais il est plus probable qu'elle craigne que ce soit moi. Knox lui tient la main doucement comme il le fait quand quelqu'un est triste et qu'il sait qu'il ne peut pas l'aider. C'est sa manière d'aider, qu'il en ait conscience ou pas.

Mab laisse ses doigts flotter dans un vase de lys blanc. Elle se glisse entre Knox et maman telle de la fumée puis se hisse sur ma commode. Je peux voir les endroits que le sang a imprégnés et où il a séché en grandes taches foncées sur sa robe. Je la regarde perchée là, à moitié éclairée, un peu transparente, comme une aile. Les contusions de son visage sont encore plus sombres qu'hier. Elles s'élargissent et se rejoignent sous la racine de ses cheveux. Je ne vois pas où elles s'arrêtent. Je les imagine s'étalant sur tout son crâne, se rejoignant par des détroits tels les océans dessinés sur le globe.

– Je vous jure qu'elle est ici, dis-je une fois de plus, à moitié suppliante.

– Elle est partie, dit maman.

Knox ouvre les bras tel un monsieur Loyal au cirque et les passe autour de son cou. Je ne dis rien. Il grimpe sur mon lit et se tortille pour être tout près de moi.

– Elle est toujours, dit-il. Elle est partout.

Chapitre 25
Coquille vide

Nous sommes de retour, assises sous un chêne, baignées de lumière verte, non loin de la tombe. La petite stèle est toujours plantée là. Pas encore de gratte-ciel. Pas de grand temple à la mémoire de Mab. Juste rien.

– Enfin ! lui dis-je.

Nous voyons France passer les grilles du cimetière et se diriger vers l'endroit où nous sommes assises. Je ne pensais pas qu'il viendrait ici. Je crois que j'avais perdu tout espoir.

Quand elle l'aperçoit, Mab devient d'un blanc incandescent puis elle se ternit et rougeoie comme une braise.

Je savais qu'il viendrait.

France avance, tête baissée comme à l'enterrement, un fardeau sur les épaules, ses longs bras ballants. Je pense à l'homme aux yeux de lapin croisé au cabinet de Stevie, qui traînait sa tristesse tel un nuage de pluie. France traîne sa douleur comme s'il était une bête de somme. On dirait qu'elle pèse une tonne.

Il t'a vue ou pas ?

– Je ne pense pas.

Nous nous levons pour l'accueillir. Mon cœur bat si fort qu'il pourrait faire trembler le sol. Je me sens soudain très seule.

Je ralentis ma respiration comme pour rentrer dans une eau glacée, me préparer au choc, mais quand il arrive tout près, je ne suis toujours pas prête.

Et s'il ne te croit pas ?

– Il me croira, dis-je avec une assurance que je ne ressens pas.

Elle est silencieuse, cette arrivée. On dirait un nouvel enterrement. Il marche vers la tombe, s'accroupit, pose la main sur le sol. Ce mouvement lui fait expirer tout l'air de ses poumons. Je le vois baisser la tête et dire quelque chose à la terre. Il ne sourit pas. Même pas presque. Puis il jette un coup d'œil vers l'endroit où nous nous tenons sous l'arbre. Je veux qu'il me regarde ainsi qu'il le faisait, qu'il me regarde vraiment, mais il ne le fait pas. C'est comme s'il avait abandonné une partie de lui-même.

Je ne fais pas le moindre mouvement.

– Elk, dit-il.

Une seconde durant, je ne trouve aucun mot. Je ne peux dire que « France ».

Mab se dirige vers lui. Moi, je ne le peux pas. Je n'arrive pas à bouger. Il est entouré d'un champ de force, un signe fragile, ne pas toucher. J'ai peur de m'y heurter alors je reste immobile une minute. Je ne bouge pas de l'endroit où je suis.

Il te paraît comment ? demande Mab en s'approchant.

– Fatigué. Vidé. (Il ressemble à France, si France était en deuil. Moins un fardeau qu'un vide qui se creuse.) Il a l'air d'une coquille vide.

– Je suis vraiment désolé, dit-il.

Je continue à croire qu'il va venir me prendre dans ses bras, mais non. C'est la plus amère des déceptions.

– Désolé pour quoi ? je lui demande.

– J'aurais dû t'accompagner. J'aurais dû être là.

– Tu es ici, maintenant, lui dis-je, me sentant cautérisée.

Pas vraiment, non, dit Mab en agitant la main devant les yeux de son frère.

Il détourne le regard et ne dit rien. Je cesse moi aussi de le regarder.

Je pensais vraiment que, peut-être, il me verrait, dit Mab. *Ou plutôt, je l'espérais.*

– Toi et moi, toutes les deux.

À dix pas de nous, France se cache le visage dans les mains et se met à hurler.

Oh, France, gémit Mab. *Mon Dieu !*

La voix de France se brise, à demi étranglée par son cri et ses larmes.

– Je n'arrive pas à y croire, articule-t-il.

Puis il se tait.

Je regarde Mab essayer de poser la main sur son épaule, au plus proche, ne laissant qu'un peu d'air comme une ligne entre eux.

– Elle est toujours là, dis-je, quand il se calme. Elle est avec nous. (Il secoue la tête. Il n'écoute même pas.) C'est la vérité.

Il a les yeux fermés.

– Je suis vraiment désolé, répète-t-il.

– Ça va aller. On va s'en sortir.

Je le dis, même si c'est faux, même si rien n'ira plus jamais bien.

Il s'allonge dans l'herbe, la tête près des pieds de Mab. Il a maigri. Il a vieilli de trois semaines et d'environ cent ans.

– Je n'arrête pas de penser à toi, dit-il.

– Moi aussi je pense à toi.

– Mais je ne peux pas rester longtemps, dit-il tout bas. Pas aujourd'hui.

Il ne me regarde même pas. Il y a une terrible déconnexion comme si, Mab ayant disparu, tout était brisé.

On attend indéfiniment, dit Mab, *puis des France qui ne sont pas lui arrivent tous en même temps.*

– Tu m'as manqué, dis-je.

Mais à quoi bon lui dire ça ? Ses paupières frémissent mais il continue de fixer le ciel.

– Il faut que j'y aille, dit-il.

C'est pire qu'avant son arrivée. Il se redresse, se frotte le visage avec les mains.

– Ça a tout détruit.

Mab est silencieuse. Elle ferme les yeux. J'aurais envie de le secouer mais je reste enracinée sur place comme le chêne.

– Tu es où ? Pourquoi fais-tu cela ? je lui demande.

– Je ne peux pas être ici. Je ne suis pas prêt.

– Pour quoi, exactement ?

– Je t'aime depuis si longtemps, dit-il.

Sa voix est neutre et sans relief. Entendre cela devrait me rendre heureuse, mais non. Comme si je savais ce qui allait se passer. Alors j'attends.

France regarde ses mains. La triste petite stèle provisoire. Les mauvaises herbes et le ciel dégagé. Il regarde dans toutes les directions, sauf la mienne.

– Je crois que je t'ai toujours aimée, dit-il. Et maintenant…

– Et maintenant quoi ?

Il se contente de fixer le sol.

– Je ne sais pas quoi faire avec ça.

Tout ce qui m'entoure semble s'évanouir. Je suis le point immobile d'un tremblement de terre, son épicentre. Le monde autour de moi est en train de se briser et de s'effondrer. Je ne peux pas parler. Je ne discute pas.

– Je suis vraiment désolé, redit-il au silence. Pardonne-moi.

Mab se tient à côté de lui et murmure : *Laisse-le partir.*

– Au revoir, Elk, dit-il et il redescend la colline dans la direction opposée, vers l'arrière de la ville, les terrains de sport et la zone industrielle.

J'ai honte de ce que j'avais espéré. Des retrouvailles, j'imagine. Une certaine manifestation de sentiments de la part du garçon qui avait dit qu'on ne pouvait pas arrêter. Qui m'avait embrassée et nous avait comparés à la mer. J'avais espéré un miracle, ou du moins que nous pourrions nous aider l'un l'autre d'une manière ou d'une autre, et être nous-mêmes, à défaut d'autre chose.

Je l'ai perdu. C'est définitif. Tandis que je le regarde partir, je vois combien de temps je vais devoir continuer sans Mab. Pas un mois, une année, ou même une décennie, mais toute ma vie, c'est-à-dire pour toujours.

Je suis un bâtiment en ruines, une survivante abandonnée, une île entourée de requins.

Je m'enfonce les ongles dans la paume, comme elle me l'a montré ces premiers jours où je n'arrivais pas à arrêter de pleurer.

Mords-toi aussi la langue, me dit-elle. *Ça t'empêchera de penser.*

Sauf que rien n'empêche jamais de penser.

Chapitre 26
Poubelle

Allons-y.

Mab est debout devant moi.

– Où ça ?

Aucune idée. Allons juste quelque part ailleurs.

Elle s'éloigne de moi en marchant au milieu de l'allée, de la même façon que France est parti. On ne le voit plus. Il a déjà disparu. Elle fait un tour complet sur elle-même sur la plante lacérée et ensanglantée de ses pieds.

Si je tourne la tête trop vite, tu sais qu'il y a des trous partout.

– Des trous dans quoi ?

Ça.

Elle agite les bras pour signifier tout.

Il y a de la boue sous ses ongles. Les immeubles devant nous paraissent illuminés par le soleil. La vie est si belle. Il n'y a pas à discuter.

– Tu veux dire le monde réel ?

Qui n'est d'ailleurs pas réel. C'est ça, le truc. Rien n'est réel. Ni toi, ni moi, ni lui. C'est ce que tu m'as appris.

– Moi, je t'ai appris cela ?

Pas toi. M. Physique Quantique. Niels Bohr lui-même. « Tout ce que nous appelons réel est fait de choses qui ne peuvent être considérées comme étant réelles.»

– Tu te rappelles ça!

J'écoutais.

– Merci.

De rien. Ravie d'avoir pu t'aider. Tu as le droit d'être triste au sujet de mon frère. Je veux dire, j'ai beau être morte, je comprends ça. Il reste des choses vivantes dont il faut faire le deuil.

– Nous t'aimons tant, Mab, tous les deux. J'avais pensé que cela pourrait nous aider.

Peut-être que ça nous aidera. C'est juste trop tôt.

Elle m'explique que je devrais mettre France dans la poubelle des désirs.

– La quoi?

La poubelle des désirs. C'est là que tu mets ce que tu désires. Pour prouver que tu n'en veux pas.

– Mais si, je le veux.

Elle sourit et se contente de répéter *je veux, je veux, je veux*.

– Et toi, qu'est-ce que tu y as mis?

Vivre, pour commencer. Et maintenant, partir. Je crois que je veux disparaître.

– Tu le penses vraiment?

Nouveau sourire. *Je l'espérais. S'il était avec toi, je pourrais m'éclipser.*

Je retiens mon souffle, égoïstement, je croise les bras, je la regarde. Ses yeux noirs. Ses poignets écorchés. Ses veines en relief qui se ramifient comme des lits de rivière. Je ne suis pas prête à ce qu'elle parte plus qu'elle n'est déjà partie.

– Et à qui on prouve qu'on ne veut pas certaines choses ? je lui demande. À qui elle est destinée, cette poubelle ?

À nous-mêmes. C'est pour nous et pour personne d'autre.

– Et pourquoi je le ferais ? Je veux dire, quel intérêt ?

Ce que tu penses vouloir n'est rien comparé à ce que la vie te réserve.

– Comment ça ? D'où tu tiens ça ?

La vie a plus d'imagination que nous, Elk. Son esprit est plus vaste.

Je la dévisage. Elle pointe son doigt sur moi et dit :

Fais ce que je te dis. Fais-moi confiance.

Je m'imagine une poubelle. J'y mets Mab et France. Mais je les veux toujours. Rien ne change.

– C'est fait.

Bien.

– Et maintenant ?

Va-t'en, éloigne-toi.

Nous sommes au pied de la colline devant le cabinet de Stevie. L'homme aux yeux de lapin sort de l'immeuble, tête baissée, en clignant des yeux. Il porte un imperméable couleur de pierre mouillée bien qu'il n'ait pas plu depuis des semaines.

Mab m'observe. *C'est quoi le blocage ? Il y a encore quelqu'un là-haut ?*

– Non.

Alors quoi ?

– Je ne veux pas y aller.

Elle hausse les épaules. Elle est lasse de ma tristesse parce que la sienne est infiniment plus grande. *Alors n'y va pas.*

Elle se ronge les ongles, qui sont devenus gris au centre,

comme lorsqu'on a froid. Ses lèvres aussi ont changé ; elles sont plus pâles qu'avant, la couleur fuyant la surface, se délavant comme quelque chose laissé au soleil.

Tu veux mon avis ?

– Toujours.

Reprends-toi. Vas-y.

Je pousse la porte du plat de la main, puis donne un coup de hanche. Elle s'ouvre trop rapidement et va heurter le mur derrière et j'imagine le fauteuil du dentiste, la boîte de mouchoirs, les gobelets en plastique et les sous-verres bébêtes vibrer pendant une seconde, telle la réplique d'un séisme.

Sympa, cette arrivée, dit Mab. *Calme.*

– Merci. J'ai fait un effort.

Son sourire est bienvenu.

Ça, on peut le dire.

Stevie porte un collier de perles, un pull vert à manches courtes et des baskets comme on en trouve au supermarché. Sa plante en pot vendrait son âme pour un peu d'eau.

– Qui est l'homme qui vient avant moi ? je lui demande. (Elle pince les lèvres.) Il est si triste. Il me donne la chair de poule.

Elle replie un mouchoir en papier. Le chagrin prend toutes sortes de formes. Je pense à France, lente bête de somme qui ne sert à rien, qui n'a rien à faire. Tout mon corps est un poing fermé alors je frappe le silence pour le briser parce que sinon, je vais me mettre à hurler.

– Ma mère lit un livre, dis-je à Stevie. (Ma voix résonne d'un étrange optimisme, comme si je ne la maîtrisais pas.) C'est quelque chose sur la pensée magique. Quand une partie de vous prétend que votre deuil n'est pas réel, que la personne est toujours là. (Stevie se penche en avant sur sa chaise.) Je ne l'ai pas lu. Enfin, j'ai jeté un coup d'œil, par-dessus son épaule. La femme qui l'a écrit ne voulait pas jeter les chaussures de son mari au cas où il en aurait besoin. Il était mort à table. Juste en face d'elle.

Stevie me regarde longuement.

– Vous pensez que c'est ce que je suis en train de faire ? je lui demande. Est-ce que tout le monde pense cela ?

Tu le sens ici, dit Mab, la main posée sur le cœur, pile au centre, *et en même temps tu ne veux pas t'en approcher du tout.*

– Comment est-ce que tu le sens ? je lui demande.

Elle regarde par la fenêtre. Un ciel plat et torride, de la brique nue, un pigeon maigre qui inspecte les gouttières.

Parfois je ne sens rien du tout.

Elle veut parler du temps profond : *Le temps planétaire. Ce truc dont parlent les livres que tu lis.*

– Ce truc que tu trouvais inutile et qui t'exaspérait.

Oui. Comme regarder la peinture sécher. C'est ça. Ça, ça représente quatre milliards d'années, poursuit-elle en indiquant la longue ligne que fait son bras tendu, de l'épaule jusqu'au bout des doigts.

Je regarde l'hématome au creux de son coude, et une croûte de sang rouge vif qui dessine comme une carte de l'Inde sur sa peau. Elle indique le point sud de la croûte, à quelques centimètres de son poignet.

Les dinosaures sont quelque part par là.

– Pratique, ta frise chronologique.

C'est exact. L'histoire humaine est presque nulle part.

– Montre-moi.

Une poussière, dit-elle en clignant des yeux. *Je pourrais la limer du bout de mon ongle.*

– Et toi, tu es où ?

Elle regarde son bras fièrement, les veines qui s'effondrent, les os brisés, les hématomes et les écorchures comme autant de symboles sur une nouvelle sorte de carte.

Puis elle sourit.

Knox te l'a dit. Je suis partout.

Le réveille-matin noir fait tic-tac. Mab est allongée sur le dos sur le tapis. Elle a l'air écrasée. Désespérée. Ses narines se dilatent, ses yeux sont creux. Je vois la ligne tendue de ses pommettes quand elle se retourne, ses poings qui se serrent et se desserrent.

Si je suis morte, je préférerais juste en finir.

Je me mords l'intérieur des joues si fort que je sens presque le goût du sang.

Dehors, les arbres murmurent dans la rue et l'éclat du soleil ne laisse rien passer. Mab se gratte la paume des mains et ses écorchures semblables à des marques de collants filés. Il n'y a qu'un nuage sale dans toute l'étendue de bleu. Têtu, il progresse lentement au-dessus de nous. Une peau de banane sur le trottoir, noire et tordue. Quelque part une alouette, très haut, hors de vue. L'alarme de la voiture, qui continue à sonner. Le gémissement d'une perceuse. Très loin, quelqu'un qui appelle sans cesse son chien, je crois.

Elle entortille ses cheveux autour de l'index et s'appuie sur sa hanche avec une lenteur précautionneuse telle une vieillarde.

Son visage se tord et se plisse. C'est comme si je la regardais à travers une vitre constellée de bulles d'air. Je tends le bras pour l'aider mais je n'y arrive pas. Je ne touche que de l'air.

Des choses se dilatent et craquent dans la chaleur. Mab clignote tel le néon de notre cuisine – à demi allumé, pleine puissance, à demi éteint.

Au coin de la rue, une voiture. Immense, et noir brillant. Vitres teintées. Lente et silencieuse. Cela me fait grincer des dents.

Une grosse voiture noire, commence Mab. *Un phare cassé. Des rétros brillants.*

Mais pas de reflet d'elle dans la carrosserie qui défile. Pas de nez retroussé ou de menton en forme de cœur.

Elle s'arrête au bord du trottoir et regarde derrière elle. Tibias écorchés et doigts cassés. Les ombres sous ses yeux sont profondes comme l'eau de la nuit. Gris acier. Gris meurtri. La voiture tourne au coin de la rue, là où la vitrine du PMU et celle du vendeur de tapas rivalisent de saleté.

Je ferme les yeux et tends la main pour ne pas perdre l'équilibre.

Ça ne va pas ? me demande-t-elle.

– Non, pas du tout. Et toi ?

Moi ça va. Je vais m'en sortir.

Mais elle ment.

Elle tourne les yeux vers les arbres, vert perroquet contre tout ce bleu. Le dessous de sa mâchoire est râpé là où elle a heurté le goudron et des gouttes de sang brillent, incrustées comme des rubis dans une résille. Elle tire sur un fil de son poignet, le tissu s'effiloche sans fin. La ligne de ses gencives a foncé et elles se sont un peu rétractées. Ses lèvres sont plus sèches que sèches, ses pupilles plus profondes que l'endroit où Zeus a été enfermé dans les poèmes qu'elle m'a montrés, plus profondes que le vernis de ses chaussures, projetées loin de son corps dans l'obscurité. Plus profondes que le puits sans fond de ce que nous avons perdu.

Chapitre 27
Verre de mer

Tout au bout de la rue, France apparaît puis disparaît en tournant le coin.

Tu as vu ? dit Mab en tournant rapidement.

J'ai aperçu sa haute taille, la largeur caractéristique de son dos. Ses cheveux d'une couleur ambrée si difficile à décrire mais reconnaissable en un instant. Je sens cette envie, au fond de moi, d'être près de lui. Mon cœur est un missile qui a trouvé sa cible.

Il marchait vite. Comme s'il devait aller quelque part. (Elle se met en mouvement.) *Tu viens ?*

– Où ça ?

Je ne sais pas. Là où il va.

Je garde de la distance car je ne veux pas qu'il me voie. Ce serait la dernière chose que je pourrais supporter. Je reste donc en retrait, Mab marchant devant moi afin de voir où il se dirige. Elle l'a toujours à portée de vue.

Nous le suivons à travers une partie délabrée de la ville. Boutiques fermées, bâtiments murés, des gens qui errent sans but, les pigeons qui se disputent sur la chaussée. Il est plus de 18 heures mais le soleil brûle encore. La pauvre Mary, aveuglante, rôtit sur son piédestal.

– Knox adorerait jouer à ça, dis-je. On dirait de l'espionnage.

Mais Mab a la tête ailleurs ou elle est trop loin pour me répondre. Concentrée comme un limier sur une piste.

Nous avons quitté le centre et nous continuons à marcher. Le quartier devient plus résidentiel avec des trottoirs et le début d'une cité nouvellement construite. L'appartement de Granny était par ici, ainsi que le centre de soins palliatifs où elle a atterri. Cela fait des siècles que je ne suis pas venue dans le coin. À part les nouvelles constructions, tout a l'air délabré, sale et décrépi. Mais elle entretenait si bien son jardin. Grand comme un timbre-poste, mais parfaitement désherbé et empli de fleurs aux couleurs éclatantes. Les hortensias étaient ses préférées. Elle m'avait montré comment on pouvait les faire changer de couleur en enterrant un ou deux clous rouillés à leur pied. J'appelais ça de la magie, mais elle disait que c'était une question de taux d'aluminium et de pH, et quand je lui disais que cela enlevait tout le côté merveilleux de la chose elle m'affirmait, la science aide à expliquer les merveilles, Elena. Elle ne les réduit pas.

France marche vraiment vite. Où peut-il bien aller ? Sa maison est de l'autre côté de la ville. Une ambulance passe en trombe, sirène hurlante, et au même moment Mab revient sur ses pas en courant.

C'est l'hôpital. C'est là qu'il va.

Je revois sa maison vide. Les choses toujours à leur place, le départ soudain.

Il est arrivé quelque chose, Elk.

Je ne sais pas quoi dire. France traverse le grand parking devant nous.

C'est Joss, ou Jay, dit Mab, la panique l'envahissant.

Je les revois à l'enterrement, sédatés, le regard vide. Il n'est pas difficile d'avaler trop de médicaments.

Oh, mon Dieu !

Elle se met à courir. Je lui lance :

– Tu ne le sais pas encore.

Mais nous courons désormais toutes les deux, et j'ai probablement tort, qu'est-ce que ça pourrait être d'autre ?

Les portes automatiques s'ouvrent et se referment en sifflant, le bruit de la route s'engouffre et ressort comme une respiration. France sait exactement où il va, ce qui veut dire qu'il est déjà venu. Il passe devant le bureau principal et emprunte un couloir. Il tourne à droite, à droite encore puis à gauche. Les murs sont bleu et blanc, le sol recouvert d'un plastique caoutchouté bien lustré, couleur verre de mer. Il couine sous nos pas. On entend d'autres bruits. De la musique quelque part, ce cri d'alouette telle une alarme de voiture, des bips. Tout le monde marche vite ici. Tous vont à un endroit où ils devraient déjà se trouver.

France s'arrête devant des portes marquées USI.

Soins intensifs, murmure Mab.

Là, j'essaie d'arrêter de penser. J'essaie de calmer mon esprit afin de me rendre utile.

L'infirmière de l'accueil le connaît. Elle le salue d'un signe de tête et d'un sourire, bonjour, France.

– Ils sont là tous les deux ? demande-t-il sans ralentir.

Je suis si paniquée que je ne le suis plus du tout, je suis juste plongée dans la situation quelle qu'elle soit et nous le suivons à l'intérieur, l'une à côté de l'autre. Nous n'avons plus d'autre choix désormais.

L'infirmière ne m'arrête pas. La pièce est sombre mais électrique, telle la lumière bleue des écrans. Des machines et des ombres. Une odeur de désinfectant. Il faut une seconde à mes yeux pour s'habituer aux ballons de baudruche et aux fleurs. Des cartes, comme pour un anniversaire. Le bip persistant d'une alarme est de retour comme s'il n'avait jamais cessé.

Mab s'est immobilisée, statue au centre de la chambre, et je vois trois choses qui se succèdent si rapidement que je ne sais pas dans quel ordre.

Le père de Mab, contre le mur du fond, les yeux fermés. Le dos de France, penché au-dessus de lui, la voix douce. Joss, bracelets étincelants, qui tient un livre sans le lire. Ils vont bien alors, ils vont bien tous les deux.

Mab pousse un grand soupir, les mains pressées sur son cœur. *Dieu merci !* dit-elle.

Je regarde le lit. Et la personne qui y gît.

Les cheveux foncés sur l'oreiller. Les mains bandées. Les deux bras plâtrés. Le visage brisé et intubé. Et, dans la pièce, un bruit comme un soufflet, quelque chose qui inspirerait et expirerait.

Je ne le sais pas avant de l'avoir prononcé mais à l'instant même, cela devient d'une vérité absolue. Je regarde Mab, aux deux endroits.

– C'est toi, lui dis-je. C'est toi.

Une autre infirmière entre, calme et concentrée. Elle vérifie les appareils, pose ses mains sur Mab dans le lit. Ses mains ne la traversent pas. Elles touchent sa peau. Elles prennent son pouls. Elles lui lissent les cheveux et dégagent son visage. Cette Mab est solide. Elle est faite d'os, de chair et de sang.

Le soulagement est lumineux. Je me remplis de lumière.

Moi ? dit Mab.

Elle se regarde avec intensité.

– Tu es là. Tu es ici.

Comment puis-je l'être ? Comment est-ce possible ?

– Tu n'es pas partie, Mab. Tu n'es pas morte.

Chapitre 28
Balle

Personne ne me remarque sauf Mab, qui est debout à côté de moi et se couvre la bouche avec la main. La pièce s'embrase brièvement, comme une luciole, et dans cette lueur les détails deviennent plus clairs et Mab devient de plus en plus difficile à voir. Il y a du bruit et sa voix se réduit à presque rien, juste un petit crissement, juste une souris dans le mur, mais j'entends qu'elle dit : *Elk ?*

– Je suis ici.

Mais non, je n'y suis pas.

Je ne sens pas mes mains. Je suis soudain si terrifiée que j'ai l'impression que je vais m'évanouir, mais tout ce que je fais, c'est rester là, au pied de son lit. Les gens se déplacent à travers moi et tout autour de moi. Tout est flou, tout est indistinct. La Mab allongée dans le lit est vivante. Nette et solide. Claire comme de l'eau de roche.

La Mab debout à mes côtés répète « Elk » d'une voix encore plus faible, comme si elle était à moitié endormie, à moitié réveillée, et commençait tout juste à revenir de cet entre-deux, de ce rêve de plusieurs semaines.

Je prononce son prénom comme si cela pouvait me sauver.

Je tends les mains devant moi tel un bouclier qui pourrait l'arrêter. Mais rien ne le peut. Je regarde tout cela depuis le bout d'un long tunnel et la vérité est une balle. Elle se dirige droit sur moi.

– C'est moi. Je suis morte. Pas Mab.

Ma voix résonne si fort dans cette pièce, mais personne ne l'entend. Je hurle :

– STOP ! ATTENDS ! STOP !

Chapitre 29
Corde raide

Il y a un versant de cet instant. Et l'autre.

Ce qui se passe ensuite est trop rapide. Comme lorsque je regardais Granny jouer aux machines à sous quand j'étais petite, les pièces s'accumulant jusqu'à dégringoler toutes. D'abord une à une, puis soudainement. Chaque pièce est un fait clair et indubitable qui atterrit. J'aimerais ralentir les choses, les démonter et les observer une par une, depuis ce lointain recoin de l'univers où deux millions d'années sont une seconde sur Terre. Peut-être que j'en aurai le temps après tout. Ou peut-être pas.

Je vois tout. La voiture qui me percute en premier et projette mon corps dans les fourrés. Nous deux, avec le gyrophare de l'ambulance qui tourne et France qui vomit, loin dans les arbres. Maman qui parle et qui ne me parle pas – comment pourrait-elle agir autrement ? – parce que je suis partie et qu'elle ne sait pas – comment le saurait-elle ? – que je suis toujours là, en colère, perdue, à écouter. Sa truelle plantée dans la terre et les fleurs et la façon dont elle déverse sa douceur en Knox et ne m'en donne pas. Knox dans ma chambre, et mon père dans la cuisine, se liquéfiant, s'accrochant au plan de travail pour garder l'équilibre et oubliant pourquoi il est venu là. Stevie, qui écoute mais n'entend pas. France, seul près de la tombe, et qui hurle.

Ma tombe. Pas celle de Mab.

Les gens disent que, quand on meurt, on voit toute sa vie défiler devant ses yeux, épisode par épisode, les souvenirs les uns à la suite des autres telle une bobine de film. Ce n'est pas ce que je ressens. Ma vie est un puits et je m'y noie. Elle est partout.

Pendant tout ce temps où j'essaie de l'arrêter, c'est déjà fait. Et une fois que j'ai fini de hurler, tout est fini et je vais bien.

Je pensais que je lutterais plus durement, mais non.

Il s'avère que c'est assez facile de mourir. Ce n'est même pas un problème. C'est ainsi. On n'est simplement plus.

*

*   *

Mab se regarde dans le lit et se regarde encore à mes côtés.

Où suis-je ? Laquelle des deux est moi ? demande-t-elle.

Et j'ai l'impression que le son « moi » s'attarde dans l'air une seconde. Il résonne comme une cloche.

– Tu es les deux, je lui réponds.

C'est une corde raide, me déclare-t-elle.

C'est là qu'elle devrait tomber mais elle ne le fait pas.

Elle est à sa place, ni morte ni vivante, seulement les deux jusqu'à ce que cela soit décidé. Le terme quantique est superposition. La science explique le merveilleux, aurait dit ma grand-mère, mais c'est à Mab de décider. Le seul choix que j'aie, moi, c'est de lâcher prise.

La main de France est sur sa joue. Elle regarde cela arriver.

– Va les retrouver, lui dis-je. Ils t'attendent.

Mab me regarde. Elle enfouit ses doigts dans sa main, qui se crispe.

– Vous avez vu ça ? demande France, en s'éloignant du lit.

Elle plonge son visage dans son visage comme dans de l'eau. Sur le lit, ses cils frémissent. En un instant, ils sont tous rassemblés autour d'elle. Sa famille : France, Jay et Joss.

La voix de France est chargée d'émotions :

– Elle est là. Elle se réveille. Elle revient.

– Va les retrouver, lui dis-je. (Je l'imagine entrer dans ce labyrinthe au début. Son assurance calme. Son sourire facile.) Va les aider, Mab. Sans toi, ils sont perdus.

Et toi ? demande-t-elle en pleurant.

– Tout va bien.

En le disant, je mens et je n'ai jamais rien dit de plus vrai. Les contraires ne sont plus des contraires pour moi. Ils sont la façon dont les vivants s'orientent dans le monde.

Je t'aime, dit-elle.

– Oh Mab, moi aussi, je t'aime.

Je vois le visage de France. La vie qu'il reflète quand il la regarde. Toute cette beauté, cet avenir, cet espoir.

– Tu te demandais pourquoi tu étais encore ici, dis-je.

Oui.

– Et moi, je ne voulais pas que tu te poses cette question. Je ne voulais pas que tu partes.

Je sais, Elk.

– Mais ce n'était pas du tout toi. C'était moi qui te hantais, pour une raison ou une autre. Le fantôme, c'est moi.

Je ne peux pas te quitter.

– Mais je suis ici pour m'assurer que tu vas vivre. (Elle ne dit rien, alors je poursuis :) C'était la dernière chose que je pensais vouloir. Et maintenant, j'ai besoin que tu partes.

Il y a cette pause dans la chambre ni pleine ni vide mais entre les deux. La fin d'une vague et le début d'une autre. Mouvement constant, ininterrompu. On ne peut pas arrêter la mer.

Mab refuse de céder. Entre moi et les autres, il y a un espace, fin comme la peau, de pur silence. Je n'en ai pas peur. C'est la paix.

Et toi, où seras-tu ? demande-t-elle. *Que va-t-il t'arriver ?*

– Je m'en irai aussi. Je serai partie, j'imagine.

Tu seras partout.

– Oui, et nulle part. (Je hausse les épaules mais j'en suis certaine.) Je serai là où est ma place.

Je peux choisir quand même ?

– Choisir quoi ? Il n'y a qu'un choix, nécessairement. Tu dois vivre, Mab.

Pas si je dois vivre. Mais juste quand.

La machine respire à sa place. La pièce redevient paisible.

Est-ce que je peux rester avec toi un peu plus ?

– Je pense que oui.

Alors j'aimerais bien. Je peux ? Une journée de plus, Elk. Passons encore une journée ensemble.

Chapitre 30
Méduse

Nous ne dormons pas, enfin je ne le crois pas, à moins que nous soyons en train de rêver que nous sommes éveillées. Quand j'ouvre les yeux, il est tôt, et Mab me regarde déjà. Elle fait bonne figure et je ne l'en aime que plus. C'est une décision qui lui ressemble tellement.

J'avais oublié qu'elle commençait chaque nouvelle journée pratiquement au milieu d'une phrase. Elle est du matin alors que moi, j'en suis encore à émerger à la surface, toujours en train de la rattraper.

Et donc, j'ai essayé de décider de ce que nous allions faire de notre jour. Où est-ce que tu voudrais le passer ? On peut aller n'importe où, non ? Techniquement parlant, si on n'est pas vraiment ici ?

Je secoue la tête. La sensation de l'oreiller est tout. Ma chambre, ma maison. Cette vie.

– Je ne veux rien faire de spécial, dis-je. Je ne peux pas choisir. Je veux juste que la journée décide ce qu'elle sera.

Elle sourit et repose la tête. Les meurtrissures de son cou, en s'effaçant, prennent la couleur des œufs d'oiseaux, moutarde, galet et bleu.

Tu as raison, ce sera parfait comme ça.

Je regarde ma famille commencer un nouveau jour sans moi. Maman est patiente avec Knox. Les cheveux en bataille, il déborde d'innombrables questions. Elle passe du temps avec lui. Elle ne le presse pas et répond à ses interrogations, une à une. Papa lui apporte du thé, lui parle doucement, lui tient la main un moment et ne dit rien. De petits actes de bonté s'additionnent en mon absence pour former une sorte de tout brisé. Je ne les ai jamais autant aimés que maintenant ; quand je regarde tout ce qui se passe, la manière dont ils vivent, les gens qu'ils sont.

Ça va ? me demande Mab.

C'est étrange mais je ne me suis jamais mieux portée.

– Tout est dans la poubelle des désirs, lui dis-je.

Elle éclate de rire, et l'ancienne Mab revient en un éclair quand elle déclare, *eh bien, autant être morte, alors.*

– Je vise la sainteté, dis-je.

Sainte Elk. C'est la sainte patronne de quoi exactement ?

– Je ne sais pas encore.

De la physique pour adolescents.

– Des spécialistes du deuil.

Des grandes sœurs.

– Des meilleures amies.

Ma sainte patronne.

Nous ne nous souviendrons pas de cela, n'est-ce pas, déclare-t-elle.

Peut-être ne se rappellera-t-elle rien après l'accident mais je ne le lui dis pas, parce que je n'en sais rien et que cela n'a pas d'importance. Je lui dis ce que le médecin avait expliqué à propos de ma grand-mère : On oublie les détails, mais pas la sensation, qui peut se détacher de ce qui l'a causée. Ça, on s'en souviendra.

Papa revient d'être allé charger la voiture et dit :

– C'est presque prêt.

Knox a aplati ses cheveux avec juste ce qu'il fallait d'eau. Il observe la table du petit-déjeuner à travers sa loupe, tel un Sherlock Holmes spécialiste des miettes.

– Qu'est-ce qu'on va faire ? demande-t-il.

Maman lui fait un câlin et l'embrasse sur la joue.

– Aujourd'hui, c'est le dernier jour de la canicule. On t'emmène à la plage.

D'après Stevie, les gens en deuil peuvent se sentir coupables s'ils sont heureux, ne serait-ce qu'une seconde, comme s'ils laissaient tomber les morts. Mais quand mon frère sourit, c'est le soleil qui apparaît de nouveau. De mon point de vue, ces moments de bonheur sont ceux que les morts préfèrent. La culpabilité n'entre absolument pas en jeu. Si je pouvais le dire à Stevie, je le ferais.

Nous montons dans la voiture, descendons la colline et sortons de la ville. La chaleur est toujours mordante mais les rues plus calmes ont pris un air d'optimisme maintenant qu'elles sentent que la fin est en vue. Knox bavarde, maman s'agite. Par les fenêtres baissées, je sens le vent faire bouger follement mes cheveux.

Ils sont chaleureux et plein d'entrain, tous les trois. Mes survivants. Il y a tant de tendresse entre eux, tant d'amour dans les mains de mon petit frère. Il les pose sur les épaules de maman, qui pose sa main sur le genou de papa.

– Allons à celle qu'elle préférait, dit-il. Elle aurait aimé ça.

Il parle de ta plage, n'est-ce pas ? demande Mab.

– La mienne, et celle de Granny.

Celle où on a pris un bain de minuit ? J'avais trouvé ça génial.

– Oui, celle-là.

Nous passons sous la voie ferrée pour descendre une rue bordée de grands arbres où les voitures sont garées comme des lames de parquet et les portes de maison sont perchées à six marches de hauteur. Papa se gare et on finit le chemin à pied jusqu'à ce que la perspective s'ouvre soudain en grand et que les trottoirs partent à droite et à gauche au-dessus de la baie.

Nous relâchons tous notre souffle en voyant la mer. Les feuilles des platanes frémissent, les hortensias des jardins hochent la tête et rosissent.

Maman tient la main de papa qui tient celle de Knox. Mon frère se tortille, sautille et serpente. Il est incapable de marcher en ligne droite.

Il occupe tout l'espace, dit Mab.

– Je sais. C'est super, non ?

Maman l'aide à descendre les marches en pierre. Il ne lui dit pas qu'il sait escalader une statue en un clin d'œil et qu'il pourrait le faire les yeux fermés. Il la laisse l'aider parce qu'il est attentif aux autres.

C'est vraiment quelqu'un de bien, dit Mab.

Il ressemble plus à maman que moi, depuis toujours. Les mêmes yeux, la même bouche et le même menton. Je me demande s'il sera aussi grand que notre père, aussi doué pour la course à pied. Je sais déjà qu'il comprend très bien les gens et qu'il sera gentil. J'essaie d'imaginer en quoi il pourrait me ressembler, les choses que nous avons en commun. Je pense au fait que je ne serai pas là pour voir tout cela. Je ne serai pas là pour le voir grandir.

– Il s'en tirera très bien.

C'est tout ce que je peux dire à l'instant, et Mab doit savoir ce à quoi je pense car elle me dit :

J'essaierai de l'aider. Je te promets de faire cela.

On ne peut pas rester triste très longtemps quand mon frère est dans les parages : il vient vite à votre secours. Dès que nous atteignons le sable, il se met à sautiller à cloche-pied pour enlever son short et continuer de marcher, sans parvenir à faire ni l'un ni l'autre.

– Doucement, lui dit papa. C'est quoi l'urgence ?

L'urgence s'étale devant nous, respire et se fracasse. C'est tout l'océan Atlantique nord, la mer Celtique.

Il y a toujours eu du sable collé sur nous quelque part : sur nos sacs et nos baskets, à la racine de nos cheveux et dans les poches de nos jeans. Il n'y en a plus un grain sur Mab, uniquement de la boue, de l'huile de moteur, des gravillons et de l'eau de pluie. Elle tremble un peu dans la lumière chaude et crue, essaie d'enfouir ses pieds dans le sable ainsi que je le fais, mais rien ne la touche. C'est comme si les grains de sable, ressentant la situation, s'agitaient et hésitaient. De la limaille de fer repoussée par le mauvais côté de l'aimant.

Regarde-moi ça, soupire-t-elle. *Le monde ne veut pas de moi.*

– Eh bien, dis-je, il voudra de toi de nouveau.

Comment ça se fait que toi, tu puisses le ressentir ? Si tu n'es pas dans le monde ?

J'y ai pensé moi aussi.

– J'ai la sensation que c'est réel, mais je dois certainement l'inventer.

Ça n'a aucun sens.

– Parce qu'il y a des choses qui en ont ?

Je plonge mes mains pour en prendre des poignées, le regarder s'échapper entre mes doigts. C'est du sable. Il me paraît tout à fait réel.

– Il est chaud en surface, et sec. Mais si tu enfonces tes mains, il devient plus frais et plus humide. Du riz moulu. De la semoule. Ça sent les algues et les coquillages chauds.

Elle tourne son visage vers le soleil et je vois qu'elle essaie de le ressentir en se souvenant de la sensation.

Elle reste silencieuse pendant un moment. Il n'y a entre nous que le bruit des vagues. Des algues desséchées jonchent la plage comme des serpentins. Les débris plus humides, au bord de l'eau, grouillent de mouches.

J'ai tellement envie de la serrer dans mes bras que ce désir est une souffrance.

Elle tripote l'ourlet déchiré de sa robe – blancs nuages d'orage, dégringolade de cerises, merles noirs piquant vers le sable. Je tire ma chemise sur ma tête, sans cesser de la regarder. Ses bras sont si maigres maintenant, la peau sur les os.

Je suis contente que nous ne l'ayons pas su depuis plus longtemps. Aujourd'hui, ce sera juste assez long pour être supportable.

– Une agonie parfaite.

Pourquoi parfaite ?

– Je ne sais pas. Parce que tout est parfait aujourd'hui.

Debout au bord de l'eau, nous regardons les gamins sur leurs paddles, quelques yachts sortis en mer, éclats de bleu, de jaune et de blanc. Knox est déjà en train de barboter. Sous ses petits bras qui moulinent, l'horizon vibre.

À chaque vague, mes pieds s'enfoncent un peu plus. L'eau qui reflue m'attire, comme lorsque je restais dans la baignoire après avoir enlevé la bonde et qu'une partie de moi voulait s'écouler, sauf que je ne l'ai jamais laissé faire. Je me suis toujours remise debout pour sortir du bain.

Il y a toujours quelque chose à la fin qui justifie de rester sec.

Je suis la première à voir France parce que cela m'est destiné. Reconnaissable entre tous. Ainsi que nous tous, il est unique. Quand il s'approche, les vagues s'immobilisent, je le jure, et les méduses restent suspendues dans la mer. Je dois sans cesse repousser mes cheveux de mes yeux à cause du vent. Ils volent comme s'ils voulaient être les premiers à le toucher.

Waouh ! Quelle arrivée ! s'exclame Mab, rayonnante. *Je lui donne 10 sur 10.*

– Bonjour, dit-il.

Je continue à retenir mes cheveux, c'est tout, et à le regarder. Cela suffit.

Maman lui tend les bras pour l'étreindre.

– France, dit-elle.

Il lui sourit et demande :

– Comment allez-vous ?

– On avance, un pas après l'autre, dit papa.

– Je comprends. Je suis avec vous.

– Et toi, comment vas-tu ? lui demande maman, la main toujours sur son bras.

Et moi, je les observe et je suis deux choses à la fois. Heureuse et jalouse.

France la regarde mais ne répond pas. Il secoua imperceptiblement la tête, comme un avertissement, ne m'obligez pas parler.

– Comment va Mab ? reprend maman.

Oh, Elk ! soupire Mab.

– Elle progresse. Elle n'est pas encore réveillée mais tous les signes sont bons. (Il s'étire un peu, regarde autour de lui, tel un garçon qui sort du sommeil.) Papa et maman m'ont envoyé ici pour une petite pause.

– Bonne idée, dit papa. Demain, il pleut.

– On essaie, dit maman, pour lui.

Et tout le monde regarde Knox. Il est sorti de l'eau et il regarde le profil de France, sombre à contre-jour. Poséidon.

– Bonjour, dit-il, ses petites épaules remontées vers les oreilles, la lèvre inférieure saillante. Tu veux venir te baigner ?

– Oui, je veux bien, répond France. Merci de me l'avoir proposé.

J'aime ton frère, dit Mab.

– Et moi, j'aime le tien, je lui réponds avec un sourire.

Knox regarde fixement les bras de France. S'il pouvait m'entendre, je lui dirais d'arrêter, mais France lui sourit.

– Tu veux grimper ?

Knox déglutit.

– Grimper sur toi ?

France plie un peu les genoux, baisse une main vers le sol pour lui faire un marchepied.

– Bien sûr. Pourquoi pas ? On a une belle vue de là-haut.

Knox jette un regard vers papa et maman comme pour

demander «J'y vais? Je peux?». Et quand maman hoche la tête, il agrippe la main de France et grimpe jusque ses épaules comme s'il escaladait un tronc d'arbre.

Nous le regardons tous.

Il annonce que de là-haut il voit le sommet du crâne de papa et le décolleté de maman. Il dit que c'est joli comme le lit d'une rivière vu de l'espace.

Il voit le poste des sauveteurs, la baraque à sandwichs dont le toit de tôle rouge est couvert de fientes, et tous les alentours, au-delà du promontoire jusqu'aux creux dans les rochers qui se remplissent et se vident de la vie débordante de la mer. Il s'agrippe tandis que France tourne sur lui-même.

Il ne peut s'arrêter de leur raconter ce qu'il voit. Les mouettes tournoient au-dessus de nous et le ciel est presque blanc de chaleur.

– Tu as un nouvel ami, dit maman.

France sourit une fraction de seconde puis dit :

– Merci, j'apprécie vraiment.

Il tient les pieds de Knox dans ses mains. Les cheveux de ce dernier sont raidis par le sel, des traces de sable fin sont collées sur ses joues. L'ombre que tous les deux projettent sur moi est un trou noir, le sable de chaque côté aveuglant comme une ampoule. Je ne sais pas pourquoi je ne sors pas de cette ombre, moi qui me déplacerais pour suivre le soleil dans une pièce. Knox a les mains dans les cheveux de France et les lisse en arrière pour lui dégager le front. Je pense qu'il veut voir ses yeux. France lève les yeux vers lui, le dessous de sa mâchoire, son menton comme la proue d'un bateau.

– Tu es bien là-haut ? Ça roule ? lui demande-t-il.

Les mains de Knox descendent des deux côtés de son visage et restent là. Je sais ce que l'on ressent quand Knox pose les paumes de ses mains ainsi sur vous. Du calme n'est pas le mot juste, de la paix n'est pas assez fort. C'est de l'amour.

– Oui, répond Knox.

Simplement oui.

Ils se regardent ainsi pendant quelques secondes peut-être, pas plus. J'entends le bruit de la mer. Je les observe, puis c'est fini.

– Qu'est-ce que tu en dis, mon gars ? lui demande France. Tu es prêt à redescendre ?

Il le tient sous les aisselles et le fait descendre si lentement et doucement que Knox atterrit sur le sable sans un bruit, sans cesser de rire. Il laisse sa tête tomber en arrière et son rire s'épanouit.

La journée est presque finie avant même que nous en ayons conscience. Sur le chemin du retour, les méduses échouées, grosses comme des casques de chantier, se liquéfient au soleil. Il y en a beaucoup car la mer est très chaude. Les garde-côtes ont mis des affiches sur les panneaux pour signaler aux baigneurs celles qui sont dangereuses, et de temps à autre quelqu'un se met à hurler parce qu'il y en a une qui s'approche de trop près.

J'adore leur silence et la façon dont elles rôdent dans l'eau, attentives, telles des espionnes. Je pourrais être l'une d'elles. Je suis silencieuse et attentive. Mab les traverse de part en part en marchant sur le sable. Elles sont parsemées le long d'une ligne que les vagues pourraient presque atteindre sans y arriver. À une distance minuscule.

Mab me les désigne : *c'est la vie et la mort, sous nos yeux, Elk. À une main de la mer.*

Chapitre 31
Filet

Papa et maman emmènent France à l'hôpital. Il essaie de refuser mais ils ne le laissent pas faire. Je pense qu'ils ne sont pas tout à fait prêts à le laisser partir.

– C'est la moindre des choses, lui dit papa.

Et maman ajoute, nous y tenons, vraiment.

Je l'aime pour la douceur avec laquelle elle le regarde, comme j'aime papa pour la façon dont il lui ouvre la portière et le fait monter.

Pendant le trajet, ils restent tous silencieux. Mab fredonne un petit air. France regarde par la fenêtre. Maman est assise, les mains sur les genoux. Knox est blotti sur le siège arrière, les lèvres bleuies par la baignade, les doigts sans cesse occupés, fronçant par moments les sourcils. L'eau de mer a pris comme du béton dans ses cheveux. Dans le rétroviseur, papa a le regard fatigué.

– Elle me manque, murmure Knox.

France lui prend la main. Je le vois réfléchir à sa réponse le plus longtemps possible.

– Nous l'aimons tous, dit-il dans le silence. C'est pour cela qu'elle nous manque. C'est ça, le chagrin. De l'amour qui n'a nulle part où aller.

Maman tend la main vers celle de papa, posée sur le volant.

– Elle est avec nous tous quelque part, dit-elle.

France acquiesce. Je sais qu'il ne peut pas parler à l'instant. Je sais comment il est.

Tu seras toujours avec nous, chuchote Mab. *Partout, Elk.*

Ma gratitude est indicible.

Une fois sur le parking, France ne sort pas encore de la voiture. Il hésite. Mab et moi, nous nous préparons à ce dernier adieu qui vient. Je le sens dans ma poitrine comme une murmuration d'étourneaux. Une chorégraphie dessinant des formes dans le ciel.

– Vous venez ? demande France. S'il vous plaît, montez la voir.

– Vraiment ? dit maman. Ici ? Maintenant ?

– On est tout le temps ici, et maintenant, c'est aussi bien qu'à n'importe quel autre moment. J'ai été si heureux de vous voir. Je ne peux pas vous dire à quel point. Je sais qu'ils le seraient eux aussi.

Donc nous y allons, et je sais que c'est presque fini. Mais je l'accepte. Je veux dire que je suis anéantie, mais je ressens une forme de paix.

La pièce est pleine de monde et nous sommes presque prêtes. Je peux entrer dans ce prochain labyrinthe toute seule.

– Je t'aime, Mab, dis-je.

Elle me regarde et nos vies entières sont dans cet unique échange. Il nous faudrait toutes nos existences pour le déployer.

Je t'aime, moi aussi.

Elle est en train de retourner dans son corps. Le chemin sera long et difficile. Elle restera longtemps à l'hôpital et ne se souviendra pas de grand-chose. Quand ils la laisseront sortir, elle ne fera pas cinq pas sans être épuisée. Elle aura encore des maux de tête intenses, une douleur continue à la hanche. Elle ira mieux, elle continuera à guérir mais tout ne reviendra pas.

Dans sa chambre, il y aura des photos de moi sur les murs. Parfois, elle s'assiéra derrière le canapé et effleurera mon vieux dessin raté d'un cheval. C'est toujours là quelque part, cela existe toujours, d'une manière ou d'une autre, je pense – moi, assise là et dessinant ce cheval.

Les détails glisseront et s'effaceront jusqu'à ce qu'il ne lui reste qu'une sensation, une forme partielle des choses, comme le cercle d'humidité qu'on découvre sur la table lorsqu'on soulève une tasse.

Elle lira le livre de maman sur la pensée magique. Elle lavera les vêtements que j'ai laissés chez elle parce qu'elle voudra qu'ils soient propres pour quand je reviendrai. Elle préparera le gâteau aux graines de pavot, mon préféré. Elle se surprendra à faire toutes ces choses et aura la sensation de chuter, mais non. C'est ce qui la sauvera, je pense. Son filet de sécurité.

Elle sera une sœur pour Knox et France sera son frère. Je ne me fais pas le moindre souci à ce sujet.

France continuera sans moi. Nécessairement. Et elle l'aidera. Il vivra sa propre vie, une bonne vie.

– Tu sais ce qui se passe ? me demande Mab.

Je n'ai pas peur et je lui réponds, *Oui*.

Je tremblote maintenant comme une aile, comme la lumière à travers les arbres. Ses yeux sont petits et pâles dans cet éclairage d'hôpital et elle paraît plus jeune que dans mon souvenir.

Je me retourne, une fois, pour les regarder toutes rassemblées ici, les personnes que j'aime, et ce que je vois tout autour d'elles, c'est la pression du monde qui les pousse vers l'avant, la respiration continue d'un jour tout neuf.

REMERCIEMENTS

MERCI

À Rachel Denwood pour sa confiance et son extraordinaire patience. Et pour m'avoir aidée à démêler tous les nœuds.

À Veronique Baxter pour m'avoir fait rire et s'être battue à mes côtés.

À Amelia Loulli pour avoir vécu avec moi les sept étapes d'un bain de minuit.

Et à Jessica Seal. Quelle meilleure amie ! Pour m'avoir répondu, lorsque je lui demandais ce que je ferais sans elle : « Tu n'auras jamais à le savoir. »

De la même autrice à *l'école des loisirs*

Collection M+

Ma rencontre avec Violet Park
La fourmilière
La double vie de Cassiel Roadnight
Broken soup
Feu couleur #1